KB080476

상처 입은
마음의
재생을
돕는

조주록
읽기

나는 어제 개운하게 참 잘 죽었다

장웅연 지음

불광출판사

우리 부부와
17년을 함께 했던
고양이 '유리'를
생각한다.

아주 어릴 때는 원고지 3매짜리 그림일기 쓰는 것도 버거워했다. 담배를 피우게 되면서부터 시를 쓰기 시작했다. 글을 쓰려면 반드시 담배를 피워야 하는 악습이 이때 생겼다. 그렇다고 글을 쓰지 않으면 담배를 끊을 수 있다는 것은 아니다. 그래서 우회로를 택했다. 담배를 계속 피울 것이라면 글이라도 쓰자고.

《조주록》에 담긴 화두는 550개쯤 된다. 거기서 마음에 들고 이해가 되는 108개를 추려서는 이러쿵저러쿵 말해보았다. 자식이든 작품이든 하물며 범죄든, 어떤 의미를 남기고 떠나는 것이 모든 인생의 똑같은 결론이다. 나는 아이들을 싫어하며 법 없이도 살 수 있을 만큼 겁이 많다. 그래서 글밖에는 남길 것이 없다.

아내가 세상에서 제일 사랑한 반려묘 '유리'가 고양이별로 떠났다. 거기서는 아프지 않고 행복했으면 좋겠다. 나는 아직 여기 남아 있고, 이 영민하고 간특한 세상에서 내가 할 수 있는 일이라곤 나의 글을 쓰는 것뿐이다. 글쓰기는 힘들지만 정직해서, 헛수고가 없고 뒤통수도 안 친다. 반드시 길이 되어준다.

2021년 1월 1일 새벽
장웅연

프
롤
로
그

조주가 내게로 온 까닭은

나는 1975년생이고 우리 나이로 마흔일곱 살이다. 한 직장에서 장기근속하고 있다. 박봉인 편이지만 그럭저럭 안정적인 곳이다. 적당히 노동하고 적당히 인내하다 보면 날이 저문다. 삶도 함께 저문다. 조금만 더 지나면 오십 줄이다. 새해가 밝아도 아무렇지 않다. 나이를 한 살 더 먹었으니 그만큼 더 초라해질 것이라고 짐작할 뿐이다. 자존감도 따라서 늙어간다. 현실에 승복하게 되고 주제파악도 하게 된다. 회사를 계속 다니려면 어릴 때보다 더 많은 수모를 견뎌야 한다.

'예상수명 계산기'라는 게 인터넷에 떠돈다. 유전과 과거병력, 식습관과 생활습관 등을 토대로 향후 몇 살까지 살 수 있을지 추측해보는 테스트다. 국내외의 보험회사들이 실제로 활용하고 있는 검사다. 몇 년 전, 심심풀이로 해봤더니 만滿 71세가 나왔다. 한국인의 평균적인 기대수명에 10년 정도 못 미친다. 집안 어른의 장수 내력으로 늘어난 수치를, 흡연 경력이 다 까먹었다. 그래도 죽음이 당장 닥칠 정도의 시간은 아니었기에, 그 불안은 온순했다. 폐암에 걸린 줄 알고 놀란 적은 있었다.

예상수명 계산기를 돌려봤던 그해 겨울이다. 매년 받는 건강검진에서 폐결핵 의심 진단이 나왔다. 큰 병원에 가보래서 큰 병원에 갔다. CT 사진을 찍었는데, 왼쪽 폐에 뭔가 허옇고 울퉁불퉁한 게 보였다. 2차 병원에서는 행여 폐암일 수도 있다고 했고, 3차 병원에서는 폐암인 것 같다고 했다. 서울대 의대 나온 젊은 여의사 앞에만 가면 기가 죽었다. 아직은 초기初期라면서, 폐를 많이 자르더라도 3분의 1만 자르면 된다고 했다. 다만 이상하게도 확진은 계속 미뤄졌고 돈 드는 검사만 계속 이어졌다.

결과를 기다리는 것밖에 할 수 있는 일이 없었던 나는, 잠자코 겁만 집어먹고 있었다. 평소 '지겨워'라는 말을 입에 달고 살았는데, 거짓말처럼 쏙 들어갔다. 한 달 여쯤 병원을 들락거리며 느꼈던 당혹감 공포감 절망감 무력감 등등은 이루 말할 수 없고, 쪽팔려서 차마 다 말 못하겠다. 개인적으로 죽음은 저 멀리 아득한 관념이었고 술 좀 취하면 낭만이 되기도 했다. 죽었으면 좋겠다고 생각한 것도 한두 번이 아니다. 그러나 막상 죽음이 접근해 오자, 겨우 한두 걸음 온 건데도 살려달라고 빌었다.

최종 진단은 폐결핵으로 나왔다. 사실, 처음부터 폐결핵이었다. 내 마음만 폐암이었을 뿐. 결핵은 과거엔 죽을병이었으나 요즘엔 약이 좋아져서 치료가 그리 어렵지 않은 편이다. 단, 그 기간이 좀 길기는 하다. 하루에 10개씩 먹어야 하는 알약들은 뛰어난 대신 독하다. 아무튼 9개월 동안 주황색 오줌을 누다 보니 완치가 되었다. 그러자 삶은 거짓말처럼 또 지겨워졌다. 담배를 못 끊고 있으며 일터에서는 좌천이 됐다. 일상은 그전처럼 패잔과 손괴의 모습으로 완벽하게 돌아왔다. 다시 살기 싫어진 것을 보니, 몸이 다시 멀쩡해진 모양이다.

결핵은 무리하게 20kg을 감량한 결과다. 선진국이 다 되었다지만 요즘도 다이어트하다가 많이들 걸리는 질병이다. 탄수화물 섭취를 줄이려고, 밥 대신 술을 먹었다. 운동도 좀 하기는 했는데 스트레스가 그 힘을 압도했다. 내가 쓴 기사가 소송에 걸리고 져서, 매일 1~2병씩 마시던 소주를 3병 이상 마신 과보인 것도 확실하다. 이제는 정치적으로 안 살고 조용히 산다. 그러면 너무 심심하긴 하니까 책이나 쓰면서 산다. 입으로만 사는 것들이 나를 건드리지 않을 법한 길로만 다니고 있다.

조주趙州 스님은 중국 당나라 사람이었다. 당시 대륙의 불교계는 선종禪宗이 강성했고 조주 역시 선사禪師로서 상당한 이름을 날렸다. 황제에게서 '진제眞際'라는 시호를 받았으며 그의 삶과 말을 모은 《조주록》이 지금껏 전해진다. 무엇보다 장수長壽에 있어서 독보적인 인물이다. 서기 778년부터 897년까지 무려 119년을 살았다. 그를 글감으로 택한 결정적인 이유다. 120살의 고작 삼분의 일을 지나고 있는 나에게, 그마저도 간신히 지나고 있는 나에게, 그 목숨은 경이롭고 이물스럽고 씁쓸하고 그렇다.

《벽암록碧巖錄》은 대표적인 선어록이다. 문학적 은유와 상징의 결정판이라는 평가도 받는다. 중국 역대 선사들의 일화와

법문을 소재로 삼았다. 그리고 그들이 남긴 여러 화두들 가운데 뛰어난 화두 100개를 골라 묶었다. 이 가운데 조주를 주인공으로 한 것이 12개로 최다最多에 자리한다. 특히 '개에게는 불성이 없다'는 조주구자趙州狗子 화두는 그의 사후 1,100년이 넘게 지난 오늘날에도, 한국의 선원禪院에서 가장 영향력 있는 화두로 꼽힌다. 후대는 조주의 선을 구순피선口脣皮禪이라고 기린다. 깨달음을 입으로 잘 가지고 놀아서다.

달변은 아니었다. 법문은 한두 마디를 좀처럼 넘어가지 않는다. 툭툭 내뱉는 말을 잘한다고 해서 말을 잘한다고 하기는 어려운 노릇이다. 다만 재치가 크게 넘치며 그 의미가 매우 간명하고 확연하다. 조주에게 말을 걸어오는 자들은 대다수가 승려이며 그러므로 깨달음이 무엇인지를 늘 궁금해하는 자들이다. 조주는 그때마다 깨달음의 무의미함과 '그냥 살기'의 아름다움을 일러준다. 세상 다 산 사람이거나 더는 내려갈 곳이 없다는 사람의 화법이다. 그에게는 그 어떤 인생이라도, 하나의 촌극에 지나지 않는다.

입원도 했었다. 암세포가 있나 없나 찾아보려는 바늘이 등짝을 뚫고 폐부로 들어갈 때, 오만가지 생각이 다 들었다. 돌이켜보면 군대에 끌려갈 때도 그랬고, 처음으로 여자와 잠자리를 할 때도 그랬다. 모든 첫 경험은 언제나 하나같이 강렬하다. 병원 신세는 또 다른 첫 경험이었다고 할 수 있다. 앞으로도 별의

별 험한 꼴들이 내게 면상을 들이밀 것이다. 살아있는 한, 그 어떤 첫 경험도 나를 가만 안 둘 것이다. 하긴 어쩌겠는가. 경박한 쾌락에 붕붕 떠다녀봤으니까 초주검도 되어봐야 하는 것이다.

살아온 버릇은 그대로이고, 병의 재발은 그리 멀지 않은 곳에 있을 수도 있다. 단지 똑같은 경험이 거듭 찾아온다면, 첫 경험보다는 덜 짜릿하고 소란스러우리라 애써 믿을 따름이다. 더 큰 병이 와서 멱살을 잡거나, 불의의 사고가 나를 불러낼 수도 있다. 그러면 그런대로, 또 버티거나 너덜거리고 있을 것이다. 그럴 자신도 있다. 막상 지나가고 나면, 추억은 쓰레기로도 남아 있지 않다. 모든 충격은 너무나 짧고 허망해서, 그걸 감추려고 그토록 요란하게 번쩍거리는 것이었다.

조주가 입으로 잘 가지고 놀았던 건 삶이기도 하고 죽음이기도 하다. 삶의 귀중함도 죽음의 두려움도, 별 생각 없이 가래침 뱉듯 뱉어버린다. 반면 나는 가끔씩 우울증이나 걸리면서 연명하고 있다. 조주의 언어에서 풍겨 나오는 기백이 부러워 이렇게 조주를 읽고 썼다. 살다 보면 새로운 고초는 어김없이 찾아올 테고, 아무쪼록 그와 비슷한 내구력의 용기가 주어졌으면 한다. 앞으로의 이야기는 그런 마음에 떨어진 몇 개의 청심환과 같은 이야기다. 나는 나의 죽음이, 늙고 뚱뚱하고 애까지 주렁주렁 달린 첫사랑의 얼굴로 다가오길 바란다.

차
례

Chapter 3 일

밥벌이가 삶의 본분이고
설거지가 삶의 출구이다

Chapter 4 태도

나는 어제 개운하게
참 잘 죽었다

Chapter 5 관계

내가 살아있다는 것은
누군가를 살리고 있다는 뜻

Chapter 1

이번 생은 조금 힘든 배역을
맡았을 뿐이다

1

아무것도 아니어야
아무렇지 않게 살 수 있다

'디그니타스'는 스위스에 있는 병원이다. 이상하게도 병원이 아닌데 병원이라 불린다. 건물의 형태도 2층짜리 일반 주택이나 창고처럼 생겼다. 무엇보다 어떤 인간이든 어떤 상황에서든, 무조건 생명을 살리자는 곳이 병원이다. 여기는 안락사 시설이다. 존엄사라 해도 좋다. '디그니타스Dignitas'는 존엄성이란 뜻의 라틴어다. 어쩌면 약물을 다루니까 병원일 수도 있겠다. 죽고 싶은 사람에게 알약 형태의 독극물 펜토바르비탈을, 컵에 물을 담아서 준다. 5분 안에 고통 없이, 자면서 삶을 마감할 수 있다. 죽으려면 먼저 회원으로 등록해야 한다. 자살에 대한 당사자의 확고하고 지속적인 의사意思에다가, 의사醫師들의 동의가 추가되면 승인이 떨어진다. 대부분의 이용자들은 난치병이나 말기 암에 시달리는 환자들이다. 물론 가장 중요한 조건은 정신적인 것이어서, 그만 살아도 좋다는 용기와 자족이다. 디그니타스는 세계에서 유일하게 외국인도 안락사를 시켜주면서 유명해졌다. 한국인들도 곧잘, 거기까지 날아가서 죽는다.

별 볼 일이 없어도 삶은 빛난다

모두에게는 각자의 특색이 있고 각자만의 역할이 있다. 뱀은 잡아먹는 역할을, 쥐는 잡아먹히는 역할을 한다. 뱀은 발 없이 다니기로 한 배우이고, 지네는 많은 발로 다니기로 한 배우이다. 그럼으로써 개별자들 하나하나가 만물의 근원이 된다. 대부분의 인생이 별 볼 일들 없이 사니까, 하늘은 별들로 가득차 있다. 이번 생生은 좀 힘들게 살아간다는 배역을 맡았을 뿐이다.

　"무엇이 만법의 근원입니까?"
　"용마루 대들보 서까래 기둥이다."
　"무슨 말인지 저는 모르겠습니다."
　"두공(斗栱, 기둥 위에서 대들보를 받치는 나무)이 차수(叉手, 두 손을 가지런히 모으는 불교의 예법)를 하고 있는데, 그걸 모르겠다고?"

　두공은 목조건물의 이음새이고 티 나지 않는 이음새이고 사람들이 잘 모르는 이음새이다. 두공도 그 재질이 나무이므로, 커다란 대들보나 서까래가 될 수도 있었다. 두공이 못나고 모자라서 공손한 모습으로 숨어서 버티는 것은 아니다. 당신도 그럴 것이다. 그러지 않으면 집이 무너지고 그러면 자기도 무너지니까 그러는 것이다. 이렇듯 다들 살아보려고 낮은 데에서도 산다. 그냥 살아가는 것만으로도, 나는 누군가를 살리고 있다.

촌놈이 난놈이다

우리의 목숨이 하나이듯이, 살면서 가져야 할 것들 역시 한두 개 정도면 족하다. 건강과 소득이다. 건강이 소득을 가능케 하고 소득이 건강을 지켜준다. 부富라거나 명예라거나 인맥이라거나 직위라거나, 나머지 것들은 있으면 좋고 없어도 원래 없었다. 무엇보다 그것들이 없더라도 건강이 나빠지거나 소득이 사라지는 것은 아니다. 손끝만 다쳐도 인생은 고통스럽다. 죽으면 돈이 필요 없지만, 죽기 직전까지는 반드시 돈이 있어야 한다. 죽으면 삶이 필요 없지만, 죽기 직전까지는 반드시 행복해야 한다.

"무엇이 조주의 주인공입니까?"
"촌놈이다."

내 삶의 주인공은, 사실 별 볼 일 없는 놈이다. 무슨 일을 하더라도 때 되면 어김없이 밥 먹고 잠 자야 하는 놈이다. 매일같이 죽네 사네 해도 결국엔 죽어야 하는 놈이다. 무릇 별 볼 일 없는 놈이 별일 좀 보려다가 별의별 일을 다 당하게 마련이다. 나이를 먹을수록, 별일만 보려 하지 않으면 별일 없는 놈이라는 걸 실감하게 된다. 촌놈임을 항시 인정하고 사는 놈이 진정한 난놈이다. 평범할수록 평탄한 법이다. 자신이 아무것도 아니었음을 알면, 아무렇지 않게 살아갈 수 있다.

내가 즐거우면 온 우주가 기특해한다

가계도를 그려가다 보면 어느새 그물이 된다. 나의 아버지와 어머니, 아버지의 아버지와 어머니, 어머니의 아버지와 어머니, 아버지의 아버지와 어머니의 아버지와 어머니, 어머니의 아버지와 어머니의 아버지와 어머니… 쌍쌍이 무한대로 촘촘히 뻗어나간다. 진화론이 새빨간 거짓말이 아니라면, 나는 원숭이에게서도 내리받은 것이다. 단세포도 족보의 상석을 차지한다.

"일체 법이 향상向上하다는 것은 무슨 뜻입니까?"
"나는 조상의 휘호를 부르지 않는다."

이렇듯 나의 조상은 헤아릴 수 없다. 따로 누구라고 말할 수 없다. 아울러 '자식이 행복하게 살면 부모에게 그보다 더 큰 효도는 없다'는 말은 불효자에게 든든한 핑계가 된다. 특히 효도는 말로만으로는 부족하고 실천을 해야 한다. 모두가 행복하려면, 나부터 행복해야 한다. 내가 한 번 웃기만 해도, 세상은 한결 좋아진다. 내가 즐겁게 살면 온 우주가 기특해할 수도 있다.

잡풀과 부처님

'나는 왜 이 모양일까?'라는 자책은 단지 그 모양이 싫다는 것이지, 그 모양이 틀렸다는 것은 아니다. 우리가 밥을 먹는 이유는 밥이 옳거나 아름다워서가 아니다. '굳이 이렇게까지 살아야 하나?'라는 푸념은, '이렇게 살아도 충분히 살아진다'는 기적을 말하고 있다.

"무엇이 학인學人의 본분사입니까?"
"그렇다면 무엇을 꺼리느냐?"

지금 이미 본분사本分事를 행하고 있으니, 쓸데없이 의심하거나 방황하지 말라는 대답이다. 살아있으면 그냥 살아가는 것이, 진정한 삶이다. 주어진 시간 동안, 나름대로 의미를 찾고 역할을 하면 그만이다. 길가의 잡풀도 그러고 살고, 부처님도 그러고 살다 갔다.

육체적 지혜

마음은 과거나 미래에 머물기 십상이다. 하지만 몸은 오직 현재에만 있다. 마음은 진실을 생각하거나 진실이라고 생각할 뿐이다. 반면 몸은 존재하는 그대로 진실이다. 집착하지 않고 편향되어 있지 않다. 마음이 툴툴대고 징징거릴 때, 몸은 말없이 그 마음을 버틴다.

"무엇이 가장 급한 일입니까?"
"오줌 누는 것이 비록 사소한 일이나 내가 아니면 못할 일이다."

하느님이 오줌을 대신 누어주지 못한다. 방광염에 걸리지 않으려면, 내가 나를 구원해야 한다. 마음이 아프다고 감기에 걸리지는 않는다. 누가 위로해준다고 감기가 치료되지는 않는다. 왜 걸렸을까 자책하든, 빨리 낫기를 바라든, 몸이 감당해내면 낫는다.

인생은 구구단부터

구구단의 역사는 매우 오래 됐다. 2,000년 전 중국 한나라 시대에 개발됐다. 인생의 대부분은 이해타산인 법이니, 옛사람들도 어릴 때부터 구구단을 익혔다. 그래서 '구구 팔십일'은 선가禪家에서도 관용적으로 쓰인다. 누군가 불법佛法의 요체要諦를 물으면, 선사들은 그것의 간명함을 일러주기 위해 곧잘 '구구는 팔십일' 또는 '육육은 삼십육'이라고 답한다. '9×9=81'이든 '6×6=36'이든 쉽게 알 수 있고, 확연히 드러나 있고, 아무도 부정할 수 없는 사실이다. 구구는 무조건 팔십일이요 거꾸로 세어도 팔십일이요 하늘이 무너져도 팔십일이다.

"스님의 높으신 뜻은 무엇입니까?"
"구구는 팔십일이다."

'9×9=81'은 구구단의 최종단계이기도 하다. 삶의 최고점까지 올라가봐야 '81'밖에는 되지 않는다는 얘기다. '9×9=81'만 알면, 살면서 더 알아야 할 것은 없다. 더구나 81점이면 안정적인 점수다. 100점이나 심지어 810점을 욕심내니까 꼭 망가진다. 스스로 이상한 문제를 만들어놓고는, 문제가 어렵다고 절절맨다. 구구는 팔십일일 뿐인데도 말이다. 가장 단순한 것이 가장 확실한 것인데도 말이다.

생각이 많은 자들은 자기도 모를 난해한 책을 쓰거나, 자기도 모른다면서 허무주의자가 되거나, 결국은 자기도 몰랐다면서 기회주의자가 된다.

2

자기가 특별하다고 믿으면, 더 특별하게 괴로워진다

〈내셔널 지오그래픽〉에서 2016년 '100세 이상 장수의 비밀'을 방영했다. 백수白壽가 넘은 노인들을 찾아가 그 비결을 묻고 다니는 프로그램이다. 어느 어르신은 운동 삼아 아침마다 400미터를 산책한다고 했고, 오후에는 가게에 가서 커피와 도넛을 사먹는다고 했다. 규칙적인 습관이 어떤 단서인 것처럼 보이는데, 50년째 규칙적이고 습관적으로 담배를 피운다는 할머니의 증언도 있었다. 조사대상의 절반은 비만이었고 운동도 하지 않았다. 남성의 60%와 여성의 30%는 흡연자였다. 방송은 타고난 유전자 때문이라고 결론을 맺고 있다.

007

똥 좀 밟았다고 발을 자르지는 않는다

유명한 사람이나 지체 높은 사람들의 경우, 이름 앞에 호號를 갖다 붙인다. 스님들 사이에도 큰스님이 있는 법이니까, 스님들에게도 더러 호가 있다. 대부분은 상당한 학식과 권세를 이룬 제자에게, 스승이 기특해서 하사한다. 학식과 권세를 거머쥔 제자가 스스로에게 선물하기도 한다.

　스님들의 호는, 스님들의 이름인 법명法名 앞에 두므로 법호法號라고 명명한다. 나름의 일가견一家見을 세워 자신만의 문중을 만들 자격이 있다고 해서 당호堂號라고도 한다. 아울러 법호와 기존의 법명을 포함해 스님들의 이름은 네 글자가 된다. 중국의 옛 선사들 이름도 '풀 네임Full-Name'이 통상 네 글자다. 단, 그들의 법호는 자기를 기념하거나 뽐내는 수식어 성질의 것은 아니었다. 절대다수가 생전에 본인이 주로 머물던 지역이나 사찰에서 대충 따왔다.

　이를테면 중국 선종禪宗의 기틀을 확립한 조계혜능曹溪慧能은 '중국 조계산에 사는 혜능 스님'이란 의미다. 임제의현臨濟義玄은 '하북성 진주 임제원院에 사는 의현 스님', 약산유엄藥山惟嚴은 '호남성 약산에 사는 유엄 스님', 동산양개洞山良介는 '강서성 동산에 사는 양개 스님'을 뜻한다.

　조주종심趙州從諗도 마찬가지다. '종심'은 원래의 법명이며 결국 '조주종심'이란 '조주에 사는 종심 스님'인 셈이다. 조주는 오늘날 조현이라 불리는 조주에서 생의 후반부 40년을 보냈고 거기서 비로소 큰스님이 되었다. 조현趙縣은 중국의 수도 베이징에서 남서쪽으로 1,000리쯤 떨어져 있는 고장이다. 한편으로 법명을 생략한 '조주 스님'이란 호칭은 '서울 스님' '부산 스님' 정도로 이해할 수 있겠다. 일견 '동네 아는 형'처럼 친근하고 푸근하게 느껴진다.

출장이나 가야 여행을 한다. 조주는 조주에 있는 관음원觀音院에서 여생을 마쳤다. 2008년에 여길 구경했었다. 조주가 나이 여든에 정착한 이곳을 오늘날엔 백림선사柏林禪寺라고 부른다. 도심 속에 있는데 굉장히 웅장하고 화려하다. 경내에는 수십 그루의 측백나무가 가지런히 도열했다. 그래서 백림선사다. 조주가 남긴 가장 대중적인 화두인 '뜰 앞의 잣나무(庭前柏樹子정전백수자)'에서 착안한 식목이다. 으레 잣나무라고 번역하지만 엄밀히 말하면 측백나무다. 조주의 시신을 묻은 사리탑은 높이가 33미터이며, 중앙의 대법당은 2,000명까지 들어갈 수 있는 규모다. 당나라 최고 선승의 조정祖庭이었다는 명성 그리고 뭐든지 큼지막하게 만들고 보는 대륙적 기질이 결합한 산물일 것이다. 곳곳이 조주를 추켜세우는 유적이며, 여기저기서 그의 이름과 얼굴을 단 기념품을 판다.

"오래 전부터 조주의 돌다리가 유명하다고 해서 와 봤는데, 그냥 허름한 외나무다리가 아닙니까?"
"그대는 왜 외나무다리만 보고 돌다리는 보지 못하는

가?”

“그 돌다리란 어떤 겁니까?”

“나귀도 건너가고 말도 건너가지!”

‘조주의 돌다리’는 관음원으로부터 차량으로 10분 거리에 있다. 누가 봐도 크고 탄탄한 교량이다. 재질은 대리석으로 보인다. 돌다리가 아니라 대교大橋라 해도 손색이 전혀 없을 위세다. 다리는 서기 7세기 직후(605년)에 완공됐고 조주는 주로 9세기를 살다 갔다. 곧 조주 자신도, 조주에게 말을 거는 승려도, 내가 보았던 돌다리를 보았을 것이다. 눈앞의 조주석교趙州石橋는 명실상부한 석조건축물이요 유형문화재였다. 그럼에도 ‘허름한 외나무다리’라고 터무니없이 까이고 있다. 그 이유는 ‘조주’라는 단어가 중의적이어서 그렇다. 앞서 밝혔듯이, 조주는 마을의 이름이기도 하고 사람의 이름이기도 하다. ‘유명한 조주의 돌다리’는 조주라는 지역의 실제 돌다리를, ‘그냥 허름한 외나무다리’는 조주라는 인간의 늙고 초라했던 처지를 가리킨다.

현대의 관음원은 더없이 찬란하다. 조주가 중국불교를 대표하는 인물로서 청사靑史에 자리했기에 그러할 터이다. 반면 조주가 살아서의 관음원은 철저히 가난했고 무명無名이었다. 심지어 조주의 성품은 빈곤한 데도 검박했으며 시시한 데도 당당했다. 조금도 폐를 끼치면 안 된다며 신도들에게서 식량이나 물품 지원을 일절 받지 않았다. “좌선할 때 앉는 선상禪床을 받치는 다리 하나가 부러지면 ‘타다 만 부지깽이’로 지탱해야 할 만큼(-

《조주록》" 경제 사정이 비참했다. 이때의 조주석교 역시 조주의 소유도 아니었을 뿐더러 조주를 알아주는 다리조차 아니었다. 그러니까 외나무다리 운운하는 말본새는, 안 그래도 외롭고 서러울 만한 노인네를 아예 노골적으로 골려주고 싶다는 심보다. 당시 조주의 신세는 말 그대로 동네 아는 형에 불과했다. 그리고 동네 아는 형은 대개 백수이거나 바보다.

불교에서 '다리'는 구원救援과 인제仁濟의 상징이다. 부처님은 모든 중생을 괴로움의 세계에서 즐거움의 세계로 건네다주는 다리가 되려고 이 땅에 왔다. 혹자는 "나귀도 건너가고 말도 건너간다"는 조주의 대답을 '일체 중생을 깨달음의 세계로 인도하는 큰스님의 지혜와 자비'라고 해석한다. 얼핏 그럴싸한 소리 같지만 한참 빗나간 소리다. 사실은 '개나 소나' 자기에게 와서 시비를 건다는 투덜거림일 뿐이다.

선가禪家에서는 예로부터 짐승처럼 우매하고 저열한 인간을 나귀와 말에 빗대어왔다. 예컨대 임제臨濟 선사는 제자인 삼성三聖이 말길을 못 알아듣자 '이 눈먼 나귀 놈아!'라고 비난했다. '나귀와 말의 앞뒤를 쫓는 녀석'이라는 뜻의 여전마후한驢前馬後漢도 '멍청이'에 해당한다. '나귀의 일이 아직 끝나지 않았는데 말의 일이 와버렸다'는 '여사미료驢事未了 마사도래馬事到來'는 세속에서 빈둥거리고 허둥거리는 일에 대한 자책이고 핀잔이다. 거기다 나귀와 말은 평생을 사람에게 부려지기에, 2차적으로는 주인에 딸린 머슴을 일컫는다. 살아서 악하고 어리석어,

죽어서 축생畜生으로 태어난 자는 여태마복驢胎馬腹이라고 손가락질했다.

따라서 "나귀도 건너가고 말도 건너간다"는 조주의 말은 선뜻 건네다주겠다는 말이 아니라 빨리 건너가 버리라는 말이다. '너 같은 인성 쓰레기는 상대하고 싶지 않으니, 당장 꺼져버리라'는 꾸중에 값한다. 빈정댐에 휘둘리거나 주눅들 조주였다면 이런 글 쓰지도 않았다. 나귀나 말은 물론 탱크가 지나가도 끄떡없을 법한 조주석교는, 이제 엄연히 조주의 다리이며 조주를 위한 다리다. 대체로 정신력이 강해야만, 이처럼 역사에 이름을 남긴다.

누구에게나 다리가 있다. 행복을 찾아가려면 다들 다리를 건너야 한다. 다만 그 다리로 나귀도 건너가고 말도 건너간다. 나귀가 새치기를 하기도 하고 말이 침을 뱉기도 한다. 나의 삶이 다리라면, 금방이라도 무너질 수 있는 다리다. 그래도 어쩔 도리 없다. 그 다리를 건너가야 하기 때문이다. 좀 지저분하더라도 그것은 분명 나를 위한 다리다.

손해를 봤다는 것은, 아직 다리 밑으로 떨어지지는 않았다는 뜻이다. 상처를 입었다는 것은, 조금 패이고 부서졌을 뿐 여전히 다리는 온전하다는 뜻이다. 나의 삶이 다리라면, 포기하지만 않으면 스스로 무너지지는 않는 다리다. 위인들의 삶은 하나같이 맷집이 좋은 삶이다. 똥 좀 밟았다고 발을 자르지는 않는다.

008

하기 싫은 일을 하는 것이 옳은 일

하고 싶은 일만 하고 살면 굶고 살아야 한다. 하기 싫은 일을 해야 월급이 나온다. 내가 아니라 남들이 좋아하는 일을 해야 돈이 벌린다. 남들이 미치도록 좋아하는 일을 하면 큰돈이 벌린다. 마주치기 싫은 사람을 계속 마주쳐야만 회사를 계속 다닐 수 있다. '원수를 사랑하라'는 말은 도덕론이 아니라 처세론이다.

"만법萬法과 짝하지 않을 수 있는 자는 누구입니까."
"사람이 아니다."

'만법과 짝하지 않을 수 있는 자'의 한자어 원문은 '불여만법위려자不如萬法爲侶者'이다. 흔히 '일체의 존재와 무관한 사람'이라고 의역한다. '일체의 존재'를 간단히 정리한다면 세상이라 할 수 있겠다. 곧 세상을 초월할 수 있는 자는 누구냐는 질문이다. 이에 조주는 이에 대해 "사람이 아니다"라고 단언하고 있다. 그런 거 없다는 거다.
'불여만법위려자'의 문답은《조주록》이외의 선어록들에도 곧잘 보인다. 마조馬祖 선사는 "서강西江의 물을 한 입에 다 마셔버리면 답을 가르쳐주겠다"며 너스레를 떨었고, 석두石頭 선사는 그렇게 묻는 입을 틀어막으며 신중을 기했다. 역시 그런 거 없다는 거다. 강물을 통째로 마셔버리기란 불가능하고, 진리를 입에 올려봐야 혓바닥 위에서나 설칠 뿐이니까.

　모든 생명은 짝해야만 살 수 있고 관계 속에서만 내 자리를 일정하게 차지할 수 있다. 관계하면서 괴롭지만 관계해야만 성장한다. 사자와 물소는 서로 잡아먹고 잡아먹힘으로써 돈독한 관계를 유지한다. 내가 나인 이유도 그저 남이 아니기 때문이지 특별한 내가 있어서가 아니다. 인간이 인간인 이유도 간명하다. 개가 아니기 때문이다.

009
하느님의 은밀한 욕망

모든 종교의 신神은 세상을 걱정하거나 징벌한다. 심지어 신이라도, 세상과 관계하면서 세상과 짝하고 있는 것이다. 진정으로 세상을 초월했다면, 세상에 대해 혹은 세상을 위해 아무것도 하지 말아야 하는 게 이치에 맞다. 세상 돌아가는 꼬락서니를 보면 영 믿을 수가 없으나, 하느님은 필시 살아계신다. 다만 아무것도 하지 않을 뿐이다.

"하늘과 땅을 초월한 사람이 누구입니까?"
"그런 사람이 있거든 내게도 알려다오."

신이 인간을 창조한 것이 아니라 인간이 신을 창조한 것이다. 어느 종교의 신이든 하늘 위에 있다는 게 그 증거다. 하늘나라는 모두를 내려다보며 깔볼 수 있는 나라다. 승천昇天하고 싶은 욕망의 근원에는 승진하고 싶은 욕망이 있다. 초월하고 싶은 욕망이, 손에 피 안 묻히려는 욕망이, 멀찍이 떨어져서 이익만 빼먹으려는 욕망이, 신을 만들었다.

010

눈물의 변명

극단적인 사람들은 세상에 해악을 끼친다. 그러나 그들만이 세상을 변화시킬 수 있다. 극단적인 주장일수록 이목을 끌고, 극단적인 시위일수록 기자들이 더 취재해주기 때문이다. 진보든 보수든 이념의 내용은 중요하지 않다. 그 강도强度에 사활을 걸어야 한다. 어디에 살고 무슨 일을 하든, 무조건 갈 데까지 가야 한다.

"만물 가운데 무엇이 가장 견고합니까?"
"욕을 하려거든 서로 주둥이가 맞닿을 만큼 해야 하고, 침을 뱉으려거든 너에게서 물이 튈 정도가 되어야 한다."

더럽고 간사하게 살아야만, 깨끗하고 드높은 곳에서 잘 먹으며 잘 지낼 수 있다. 인생의 여러 이권은 대개 시뻘겋거나 시퍼런 자들의 몫이며 이에 반해 나는 희멀겋다. 인간들의 중심엔 투쟁이 있는 것인데, 싸움을 피하려다 보니 자꾸만 구석으로 밀린다. 행여 내게 침이 튈까봐, 덜 더러운 눈물만 흘렸다.

011

부처가 되기 전에 사람이 되자

자존감 높이는 방법이 유행이다. 그러나 자존감은 지기가 만들 수 있는 게 아니다. 오로지 남들이 만들어준다. 남보다 우월할 때 자존감이 생기고, 남들을 마음대로 부릴 때 자존감이 올라간다. 반면 돈이 없으면 비참해지고 명예가 없으면 초라해지고 권력이 없으면 천대를 받게 마련이다. 곧 돈과 명예와 권력만이 자존감을 실질적으로 향상시킨다. 결국, 이처럼 덧없고 얄팍한 자존감 따위에 목맬 필요가 없다는 얘기다.

그래도 정 자존감에 미련이 남는다면, 차선책이 있기는 하다. 그것은 기꺼이 이용을 당해주는 것이다. 거듭 말하건대 자존감은 내가 아니라 남들이 만들어주는 것이다. 누군가에게 의미 있는 사람이 되려고 노력할 때, 스스로 세상에 쓸모가 있는 존재라고 여기면서 헌신하고 희생될 때, 소소하게나마 자존감을 회복할 수 있다. 대신 과로로 건강을 망칠 수 있다는 게 부작용이다. '착한 사람' 콤플렉스에 빠져서 익사할 수도 있다.

어떤 유생儒生이 조주를 찾아왔다. 그는 조주가 짚고 다니던 주장자拄杖子가 몹시 갖고 싶었다.
"스님, 부처님은 중생이 원하는 것은 뭐든 다 들어주신다면서요?"
"응."

"그러면 그 주장자를 저에게 주세요."

조주는 정색했다.

"군자君子는 자고로 남의 물건을 탐하지 않는다."

"저는 군자가 아닌데요."

"나도 부처가 아니다."

세상도 내가 아니라 남들이 만들어가는 것이다. 전 세계 인구는 현재 77억 명이며, 나는 77억분의 1에 불과하다. 아무리 자기 재능이 뛰어나고 노력이 정성스러워봐야, 77억분의 1인 재능이고 노력이다. 내가 어떤 꿈을 꾸든, 미미한 나의 삶에만 적용된다. 세상과는 거의 관계가 없다. 나에게만 가치가 있거나 나만 힘들게 한다. 그리하여 세상에서 큰 성공을 거두는 자들은, 자기를 잘 단련한 사람이 아니라 남들을 잘 이용해먹는 사람이다.

자기가 특별하다고 믿으면, 더 특별하게 괴로워진다. 스스로 특출하다고 믿으면, 더 기발하게 무능해진다. 다 빼앗겨놓고 다 내주었다 한다. 소심하면서 진지하다고 한다. 지질하고 상스러운 세상에서 혼자만 부처가 되면, 혼자만 다치고 버려진다. 주관적으로는 군자인데 객관적으로는 바보에 불과하다. 중생들의 세계란 본디 하나의 거대한 노름판이다. 그러므로 부처가 되기 전에 먼저 사람이 되어야 한다. 그래야 안 당한다.

012

'7:2:1'의 법칙

인간관계에는 '7:2:1'의 법칙이란 게 있다. 열 사람이 있으면 그 중 두 사람은 반드시 나를 싫어한다는 것이고, 그래도 한 사람은 나를 좋아한다는 것이다. 나머지 일곱 사람은 나에게 아무런 관심이 없는 사람들이다. 어느 조직을 가더라도 마찬가지이고 이직을 하더라도 개자식은 꼭 만난다. 물론 내 편이 좀처럼 없다고 시무룩해할 필요는 없다. 그들은 돈을 벌려고 회사에 왔지 나를 사랑하려고 회사에 온 것이 아니다.

"흰 구름이 자유롭게 노닐 때는 어떻습니까?"
"봄바람이 곳곳마다 한가롭게 부는 것만 하겠느냐."

묻고 있는 승려의 법명은 '백운白雲'일 것이다. "흰 구름이 자유롭게 노닐고 있다"는 말은, 자기가 깨달았다며 뻐기고 있는 것이다. 이에 "봄바람이 곳곳마다 한가롭게 부는 것만 하겠느냐"는 조주의 말은, 그게 나와 무슨 상관이냐는 것이다. 누군가 나를 힘들게 할 때, 그는 자신의 흰 구름 속에서 자유롭게 노닐고 있는 것이다. 그때는 그냥 놀라고 한다. 공연히 자극해서 먹구름으로 만들지 말자. 나의 봄바람, 어두워진다.

3
좋은 일 없는 것이,
바로 좋은 일이다

비아그라를 모를 사람은 없을 것이다. '비아그라'라는 이름은 약을 만든 제약회사에서 근무하던 필리핀계 미국인의 작명이라고 한다. 필리핀의 지역 방언으로 불알이라는 뜻이다. 원래는 심장병 치료를 위해 개발된 약이다. 임상실험 과정에서 그 효과가 미미해 폐기될 뻔했으나, 환자가 갑자기 발기를 일으키는 놀라운 발견이 있었다. 심장으로 가야 할 혈액이 웬일인지 음경으로 미친 듯이 몰려간 것이다. 위로 올라가야 할 피가 아래로만 쏠려서인지는 몰라도, '대머리는 정력이 세다'라는 속설이 있다. 유명한 탈모 치료제인 '프로페시아'는 남성 호르몬인 테스토스테론의 수치를 낮추는 기전이다. 그래서 발기부전이라는 부작용을 갖는다. 남성성을 잃었다는 느낌 때문인지 우울증도 보고가 된다. '보톡스'의 원료는 보툴리눔이다. 400그램이면 전 인류를 독살할 수 있는 맹독 중의 맹독이다. 그야말로 극미량을 주사하니까 주름살을 펴는 데서나 그치는 것이다. 이것을 고치면 저기서 말썽이 나고, 이럴 줄 알았는데 저래서 또 아는 것이 인생이다. 어디까지가 또는 어느 만큼이 잘 산 것인지, 우리는 말할 수 없다.

선악의 한가운데에는 외로움이 있다

하늘과 땅, 산과 물, 나와 너, 삶과 죽음… 기어이 둘로 나뉘어 대립하는 것이 음양의 조화다. 그러므로 부부싸움은 섭리요, 형제간의 칼부림은 우주의 약동이다. 선善이 있는 곳엔 반드시 악惡이 나타나서, 세상의 균형을 맞춘다.

  "선악에 혹하지 않는 사람이라면 홀연히 벗어날 수 있습니까?"
  "벗어날 수 없다."
  "왜 그렇습니까?"
  "바로 선악의 한가운데에 있기 때문이다."

시비를 일으키지 않는 사람일수록 시비에 더 잘 걸리게 마련이다. 양쪽 모두에서 환영을 받지 못하기 때문이다. 선을 사랑하는 사람일수록 악을 앞장서서 미워한다. 그래야만 선에서 쫓겨나지 않을 수 있기 때문이다.

뉴욕에서 인생이 바뀌지 않은 것처럼

중도中道는 불교의 핵심 가치다. 쾌락에도 고행에도 집착하지 말라는 것이다. 곧 중도는 삶의 균형을 맞추는 일이다. 적당히 화도 내고 적당히 참기도 하면서, 삶의 무게중심을 유지하는 일이다. 이러면 이런 대로 저러면 저런 대로 감내하다 보면 힘이 붙는다. 그것은 이래도 좋고 저래도 좋다면서 아무렇게나 있는 능력이다. 지금 이대로 그냥 사는 게 부처다. 살아도 좋고 죽어도 좋으면, 더 좋은 부처다.

"스님들은 이 절에 와 본 적이 있는가?"
한 스님이 말했다.
"와 본 적이 있습니다."
"차나 마시게(喫茶去끽다거)."
또 한 스님이 말했다.
"와 본 적이 없습니다."
"차나 마시게."
절에서 오래 살아온 어느 스님이 조주에게 물었다.
"절에 와 본 스님에게나 안 와 본 스님에게나, 왜 똑같은 대답입니까?"
"너도 차나 마셔라."

뉴욕에 가 본 적이 있다. LA에는 가 본 적이 없다. 미국 음식엔 고기가 많이 들어있고, 뉴욕에서도 밥은 먹어야 하더라. LA에서도 밥은 먹어야 할 것이다. 뉴욕에서 인생이 바뀌지 않은 것처럼, 굳이 내 삶에는 LA가 필요하지 않다. 술을 마시면 떠들게 되고, 차를 마시면 조용해진다. 입 안 가득 고인 따스함이 안으로만 여민다. 마음에 들지 않으나 서울에 산다. 진정한 고향은 마음속에 있으므로, 산다는 건 그리 중요한 일이 아니다.

도道를 애써 찾지 않는 것이 도

너무 어두운 곳에 있으면 캄캄해서 앞이 보이지 않는다. 너무 밝은 곳에 있어도 눈부셔서 앞이 보이지 않는다. 한쪽으로 치우쳐 살면 삶의 반쪽은 항상 이렇게 부서져 있다. 내가 싫어하는 사람이 많을수록 나를 싫어하는 사람도 많다. 빛과 어둠이 적절히 공존해야만 세상이 잘 보인다. 나를 싫어하는 사람이 많을수록 나를 좋아하는 사람도 많다.

> "지극한 도는 별로 어려운 것이 아니다. 이렇다 저렇다
> 가리고 따지지만 않으면 된다. 그 이상의 도리를 조금
> 이라도 말로 설명하려 하면 편견에 빠지고 만다."

도道는 길이다. 그러므로 길을 걷는 것이 도다. 내게 주어진 길을 가는 것이 도이고 가던 길을 어쨌든 가는 것이 도다. 흙길도 만나는 것이 도이고 그 길에 꽃이 피기도 하는 것이 도다. 가리고 따지지만 않으면 그것이 행복이고 최소한 희망은 된다. 아무렇게나 존재하더라도 나는 나다. 살아왔다는 것만으로도 삶의 의미는 충분하다. 내가 살아주기만 하면, 나는 반드시 산다.

'이거라도' 깨달음

깨달음이란 최고의 앎이라고 정의할 수 있다. 사람은 많은 것을 알고 싶어 하고, 깨달음이란 모든 것을 아는 것이다. 상대를 알아야, 마음 놓고 탈탈 털어먹을 수 있는 법이다. 그래서 사람은 깨닫고 싶어 한다. 모든 것을 알 수 있다면, 모든 것을 이용해먹고 모든 것으로부터 안전해질 수 있을 것만 같다. 하지만 삶은 애당초 그런 깨달음이란 없다며 늘 단호한 기색이다. 아무 시련이나 마구잡이로 던져주고는, 거기서 작게라도 깨달으라고 한다.

"무엇이 '보리'입니까?"
"이것은 '천제'이다."

'보리菩提'는 깨달음이다. '천제闡提'는 절대로 깨달을 수 없는 중생을 일컫는 개념이다. 보리와 천제가 상극이 되는 까닭은 깨달음이 따로 있다는 생각 때문이다. 지독하게 멍청한 천제들만이 보리를 구하며 보리는 천제들만의 망상이다. 한글이나 덧셈을 깨칠 수는 있지만 인생을 깨칠 수는 없다. 어차피 죽음이 알아서 깨치게 해준다. 깨달음을 버렸더니, 이거라도 그나마 깨달아 있다. 이렇게라도 살아야, 이렇게만 살지 않을 수 있다.

햇빛이냐, 불빛이냐

불교에서는 분별分別을 미워한다. 분별이 증오와 공멸의 시작인 탓이다. 이것과 저것을 나누거나 차별하지 말고, 다 함께 고려하고 포용하라고 한다. 알고 보면 이것이 저것이고, 저것에 관심을 가져주면 끝내 저것도 이것과 사이좋게 잘 지낼 수 있기 때문이다. 선악의 저편에는 신神이 아니라 배려가 있다.

> "낮은 햇빛이요 밤은 불빛인데, 신령스러운 빛은 무엇입니까?"
> "햇빛과 불빛이다."

낮에는 햇빛으로 길을 가고 밤에는 불빛으로 길을 간다. 햇빛이나 불빛이나 둘 다 빛이다. 똑같이 길을 터주고 똑같이 소중하다. 신神이란 결국, 나 좋으라고 만들어진 것이다. 신령스럽다는 건 내 삶이 행복하다는 것이다. 그러니 부처님이든 예수님이든 절실히 믿지 말고 가볍게 믿자. 햇볕을 쬐듯이. 형광등 갈아 끼우듯이.

행복하고만 싶으니까 불행만 온다

태어났으니까 죽어야 한다. 살아봤으니까 죽어도 봐야 한다. 삶
의 끝도 죽음이고 삶의 시작도 죽음이다. 중간에도 있다. 멍때리
고 있을 때는 그것이 죽음이다. 죽음은 삶의 반대가 아니라 삶의
뒷면이다. 함께 살아있다.

조주가 법당 앞을 지나는데 누가 법당에서 예불禮佛을
올리고 있었다.
조주가 그를 때렸다.
"예불은 좋은 일 아닙니까?"
"좋은 일도 없느니만 못하다."

삶이 불행한 이유는, 행복했었기 때문이다. 행복하고만 싶
으니까 불행만 온다. 나만 행복했으면 좋겠으니까 불행은 오직
나에게만 온다. 좋은 일 한다는 분들이 꼭 세무조사를 당한다.
좋은 일이 없는 것이, 바로 좋은 일이다.

4

고통은, 맛이나 한번
보라고 있는 것이다

'블랙 독Black Dog.' 윈스턴 처칠(Winston Churchill, 1874~1965)이 자신을 평생 괴롭힌 우울증에 붙여준 이름이다. 그는 92세까지 검은 개를 데리고 다니면서 담배를 피웠다. 우울증에 걸릴지 말지는 서너 살 때 결정되는 것이어서, 부친의 뇌질환과 모친의 무관심이 크게 영향을 미쳤다. 삼수 끝에 육사陸士에 입학했는데 초년 운이 갑자기 뚫렸다. 스물일곱에 국회의원을 지낸 젊은 해군장관의 인생1막은 그러나 죄책감으로 마무리됐다. 자신의 무리한 작전으로 갈리폴리 전투에서 25만의 아군을 죽였다. 인생은 괴로운 것이지만 괴롭기만 한 것은 아니다. 전쟁도 살육이지만 기회가 되기도 한다. 제2차 세계대전은 역설적으로 그의 정치생명을 되살렸다. "내가 바칠 수 있는 것은 피, 땀, 눈물"이라거나 "절대 절대 절대 포기하지 말라"라는 총리 취임연설은 명연설이었다. 그는 그렇게 포기를 모르는 만큼 열정적이었고 독선적이었다. 국민들은 나라를 기어이 승전국으로 이끈 그에게 총선 패배를 선물했다. 그래도 슬픔은 쌓이면 쌓일수록 좋은 글이나 그림이 되었고 노벨문학상을 가져다주었다. 대신 낭비벽이 심해서 인세와 원고료로 메웠다. 자녀들은 어려서 죽거나 마약으로 죽거나 자살로 죽었다. 처칠은 그걸 다 목격하고 죽었다. 자기도 모르게 뛰어내리거나 뛰어들까봐 베란다나 철로鐵路 근처에는 죽을 때까지 가지 않았다고 한다. 그의 장수長壽는 사실상 천벌에 가깝다. 유언으로는 "나는 많은 것을 이루었지만 결국 이룬 것은 없다"고 했다. 고통만이 진정한 살 길이라는 걸 보여주었기에, 꼭 그렇지만은 않은 것 같다.

인생은 정말 아름다운 것인가

드라마에서는 종종 '환생'을 소재로 다룬다. 주인공이 환생하는 이유는 대략 다음과 같다. 이루지 못한 사랑을 이루기 위해, 원수를 갚기 위해, 누명을 벗기 위해, 자식에게 못다 한 사랑을 마저 해주기 위해 등등. 곧 각자가 안고 있는 어떤 문제만 해결된다면, 세상은 충분히 값지고 살아볼 만한 곳이라는 믿음 속에서 그들은 환생한다. 결국 다시 살고 싶은 자들은 삶을 사랑하는 자들이다. 꼭 드라마에서뿐만 아니라 현실의 우리가 윤회를 하는 이유도 마찬가지다. 미치도록 삶이 좋아서 그렇게 또 오는 것이다. 애욕愛慾을 사랑이라 부르면서 말이다.

불교에서는 12연기를 말하는데, 말하자면 삶이 괴롭게 되는 12가지 과정이라고 말할 수 있다. 일단 늙고 죽으니까[老死] 삶은 고통스럽다. 그리고 늙고 죽는 까닭은 매우 간단하다. 태어났기[生] 때문이다.

이러한 노사와 생을 포함해 유有-취取-애愛-수受-촉觸-육처六處-명색名色-식識-행行-무명無明으로 이어지는 복잡하고 난해한 인과적 단계가 12연기다. 아무튼 12연기의 근본은 '무명'이며 무명에서 '행'이 일어나면서 바로 윤회가 시작된다. 행行이란 생에 대한 맹목적인 의지를 일컫는다. 사는 게 무조건 좋아서 또 침 흘리며 오는 것이다.

"무엇이 수행자의 행行입니까."

"행을 떠나라."

무명無明은 근원적인 무지 또는 어리석음을 의미한다. 한마디로 정리하면, 삶은 대단히 가치가 있다는 생각이 무명이다. 무명과 행의 관계는 이러하다. 삶이란 매우 좋은 것이라는 무명이 있으니까 삶에 달려들어 바득바득 매달리려는 행이 발생한다. 하지만 무명이 어리석음이듯 행도 어리석음이다. 불교는 삶에 대한 밑도 끝도 없는 애착을 어리석음이라고 규정하고 있다. 그러니 불교적으로 보면, 삶을 사랑하는 까닭은 우리가 멍청하기 때문이다. 삶이란 객관적으로 살아볼 만한 것이 아니라, 어떻게든 살고 싶으니까 스스로 만들어낸 자기합리화에 불과하다.

삶은 선이고 죽음은 악이라는 관념은, 살아만 본 데서 생긴 편견이다. 불교의 열반涅槃은 궁극의 행복을 가리킨다. 그리고 열반의 정확한 의미는 극락에 가는 것이 아니라 다시는 태어나지 않는 것이다. 삶이 근본적으로 허망하고 불안한 것임을 직시하고 윤회의 고리를 끊어내자는 것이, 불교 수행의 최종적인 목표다. 만약 수행자다운 행동에 집착한다면 수행자로서의 삶을 사랑한다는 것이다. 그러니 다음 생에도 수행자로밖에 태어나지 못할 것이다. 빨리 깨달아서 빨리 열반에 들자는 게 수행의 목적인 법인데, 또 수행이나 하고 앉아 있어야 한다.

'아싸'에게 전하는 짤막한 위로

친화력이 좋고 인기 있는 사람을 이른바 '인싸(인사이더)'라고 한
다. 그런데 인싸는 재미있는 사람이기 전에 돈을 잘 쓰는 사람인
경우가 많다. 인색한데 재미있기만 하면, 끝내는 욕만 먹는 법이
다. 무릇 세상의 중심에 들어가려면, 손해를 보든 분위기를 맞추
든 자신의 중심을 무너뜨려야 한다. 그때그때 지갑을 열어야 하
고 그때그때 말이 달라야 한다.

"스님은 무엇 때문에 스스로 숨으십니까?"
"지금 너와 이야기하고 있지 않느냐."

결국 자신의 중심을 무너뜨리지 않는 한, 세상의 중심에 들
어가기는 어려운 법이다. 슬퍼하거나 기죽을 필요는 없다. 세상
을 수월하게 살아내지 못한다는 느낌이 든다면, 세상이 쉽게 받
아들이기엔 너무 엄청난 영혼을 가지고 있기 때문이다. 세상의
모든 '아싸(아웃사이더)'들은 숨어있는 것이 아니라 자기만의 자리
를 지키고 있는 것이다.

되는 대로 사는 것이 참다운 노력

삶이란 처음부터 내가 만든 것이 아니라 내게 주어진 것이다. 그래서 인생의 정답은 이미 정해져 있다. 주어진 대로 사는 것이다. 분수를 지키고 조건에 맞춰서 사는 것이다. 너무 애쓰지 않는 것이다.

"사방에 여관 하나 없을 때는 어떡합니까?"
"선원禪院에서 잔다."

스님이 여관에서 자려면 돈이 든다. 선원에서 자면 돈이 들지 않는다. 그렇게 뭘 '하려면' 반드시 비용이 요구된다. 돈도 들고 힘도 든다. 되는 대로 사는 것이 참다운 노력이다. 그냥 '하면' 된다. 어떻게든 된다.

무작정 버티는 것은 무너지고 있다는 것이다

다이아몬드는 천연 광물 가운데 최고 수준의 경도硬度를 자랑한다. 웬만한 쇳덩이보다 그 굳기가 훨씬 세다. 그래서 탄광을 파내는 드릴의 소재로 공업용 다이아몬드를 사용한다. 웬만해선 변형되지 않는 특성 덕분에, 황금과 같이 재산으로서 영구적인 가치를 지닌다.

하지만 압력에 대한 저항에 비해 충격에 대한 저항은 그다지 강하지 않다고 한다. 절대 부서지지 않는다지만, 망치로 부수려면 부술 수도 있다. 말하자면 천천히 찍어 누르는 힘을 버티는 힘은 불세출인 반면, 갑자기 내리치는 힘에는 그다지 힘을 발휘하지 못한다.

"어떤 것이 사방에 통달하는 것입니까?"
"금강선金剛禪을 버려라."

다이아몬드의 한자어는 금강석金剛石이다. 불교에서《금강경》은 최고의 경전이고 금강선은 최고의 선을 상징한다. 그러나 경직된 마음이 견고한 마음은 아니다. 경도가 높다고 해서 강도強度가 높은 것은 아니다. 딱딱하기만 할 뿐 단단하지는 않다.

유리도 경도는 우수하지만 강도는 최약체다. 쉽게 깨지는데다, 깨지면 상처를 입히기 쉽다. 마음에도 유리창이 있어서 잘

깨진다. 마음에 금이 가지 않기를 원한다면, 마음을 활짝 여는 수밖에 없다. 무작정 버티기만 한다는 것은 서서히 무너지고 있다는 뜻일 수도 있다.

023

짜릿한 가난

대개 도道는 단 하나이고, 고정돼 있으며, 불변하리라고 여긴다.
도를 생각하는 자가 그러고 싶기 때문이다. 자기가 세상에서 제
일 잘나고 싶고, 영원히 행복하고 싶으며, 병들어 죽고 싶지 않기
때문이다. 그러므로 내가 해체되어야만 그나마 진짜 도를 볼 가
능성이 높아질 것이다. 그런 의미에서 죽음만 한 명약도 없다. 죽
음은 공평하게 빼앗고 거두어간다. 더 살기를 바라는 자에게는
절망을, 죽어도 좋은 자에게는 휴식을 준다. 죽음이 부처님이다.

　"무엇이 조사가 서쪽으로 오신 뜻입니까?"
　"상(床)다리다."
　"그게 바로 그 뜻입니까?"
　"그것이라면 빼가지고 가거라."

　조주는 찢어지게 가난했다.《조주록》에 따르면 평상을 받치
는 다리 하나가 부러지면 부지깽이로 지탱해야 할 만큼, 살림살
이가 바닥을 기었다. 그럼에도 남은 상다리마저 내주려 하고 있
다. 상거지가 거지에게 기부를 하는 격이다. 그의 자비慈悲는 너
무 묵직해서, 끊임없이 내주어야만 행복할 수 있는가 보다. 이미
깨달아 있어서, 깨달음을 구태여 가지고 있을 필요도 없는가 보
다. 언제쯤이면 나도 다 잃었다며, 웃을 수 있을까.

024

죽음이 부처님이다

태양은 말하지 않는다.
나 좀 알아달라고 하지 않는다.
그냥 빛나기만 한다.
하던 대로 빛나기만 한다.
태양이 더 노력하면, 다 타죽고 만다.
태양이 반성을 하면, 다 얼어 죽는다.

"진정한 선사禪師가 찾아온다면 그에게 무슨 말씀을 하
시렵니까?"
"3만 근의 쇠활은 생쥐를 잡기 위해 당기지 않는다."

인생은, 잠깐 있다 가라고 있는 것이고
시련은, 잠깐 쉬었다 가라고 있는 것이고
죽음은, 이제 그만 쉬라고 있는 것이고
세상은, 구경이나 하라고 있는 것이고
사람은, 사랑도 해보라고 있는 것이고
고통은, 맛이나 한번 보라고 있는 것이다.

아, 편안하다.
죽어도 좋을 것만 같다.

Chapter 2

마음

고요함에 빠져 있으면
고요함 만큼
시끄러운 것도 없다

5

첩첩산중이어야만
점입가경이다

프랑스의 국왕이자 카페 왕조의 제13대 임금이었던 '장John 1세'는 역사상 가장 초단명의 인물이다. 태어난 지 5일 만에 죽었다. 출생연도와 사망연도, 즉위연도와 퇴위연도가 모두 똑같은 군주라는 독특한 기록을 남겼다. 1316년에 모든 일을 다 치렀다. 더구나 아버지 루이 10세가 죽었을 때, 아직 태어나지도 않았던 상황에서 왕이 되었다. 그래서 '아기 왕'과 '유복자 왕'이 별명이다. 태아胎兒의 신분으로 왕이 될 수 있었던 까닭은 숙부였던 실력자 필리프 5세 덕분이다. 당시 왕실의 내규에는 '왕이 자식 없이 죽으면 촌수가 제일 가까운 남자가 왕위를 계승한다'는 내용이 있었다. 얘만 빨리 죽으면 왕좌는 자기 것이 되는 것이다. 그래서 독약으로 빨리 죽였다. 중국 당나라 측천무후의 딸이었던 '안정공주安定公主'도 수명이 0세다. 첩실이었던 측천무후는 갓 태어난 자기 딸을 스스로 죽여 놓고, 자신의 출산을 구경하러 온 황제의 본처가 그랬다고 우겼다. 기어이 황후를 내쫓아내고는 그 자리에 앉았다. 이윽고 그 악惡의 저력으로 최초의 여女황제에 등극한다. 아이들은 확실하게 이용당한 보람으로 역사에 이름을 올렸다.

모든 성황당은 나무의 모습을 하고 있다

나무 한 그루는 아무리 거대하더라도 쓸쓸하다. 혼자 서 있어야 하고 혼자 비 맞아야 한다. 이동과 방어의 권리가 없어서, 아주 사소한 고통이어도 온몸으로 치러내야 한다. 변호사도 사지 못한다. 그런데도 잘 산다. 바람이 불면 바람에 휘어진 채로 또 자라고, 가지가 부러지면 가지가 부러진 대로 튼튼하다. 자기는 한 개도 못 먹을 열매를 부지런히 맺는다. 이렇게까지 꼭 살아야 하나 싶은데, 하나도 안 부끄러워한다. 나라면 벌써 바람을 미워하고 부러진 가지를 주워 담았을 것이다.

"무엇이 조사께서 서쪽으로 오신 뜻입니까."
"뜰 앞의 잣나무다."

본래는 잣나무가 아니라 측백나무라고 한다. '뜰 앞의 잣나무'의 원문은 '정전백수자庭前栢樹者.' 여기서 '백수'를 측백나무로 번역해야 옳았다는 이야기가 있다. 조주가 말년을 보냈던 관음원은 오늘날 백림선사라고 부른다. 여기에도 잣나무가 아니라 측백나무들이 심겨져 있다. 개인적으로는 식물에 젬병이어서, 잣나무도 측백나무도 잘 모른다. 하기는 알아야 한다거나 구태여 분간해야 할 필요성을 느끼지는 못한다. 어떤 종류의 나무이든, 꽃을 피우고 새에게 집을 내어주며 사람에게 베인다.

세상의 모든 나무들은 돈 없이도 살고 말없이도 산다. 불쌍하다고 안 해줘도 살고, 구세주가 오더라도 살던 대로 산다. 혼자 사는 건 외롭다면서, 멀쩡한 나무를 뽑아 관상수로 만들지 않는다. 오직 그저 살아있음에, 자신의 모든 것을 걸고 산다. 이보다 굳센 정진도, 감동적인 현전現前도 드물다. 오래 버텨 두꺼운 나무들만 성황당이 될 수 있다. 복을 잘 주지는 못 하지만, 복이 어디서 오는지는 일러준다. '나도 산다. 이것들아.' 잣나무인지 측백나무인지, 조주가 무얼 보았는지는 모르겠다. 나무를 본 것만은 분명하다.

견뎌냈다면 단단해져 있다

살아간다는 것은 죽어간다는 것이어서, 갈수록 늙고 수시로 아파야 한다. 살아있다는 것은 먹고 있다는 것이어서, 먹으려면 일을 해야 하고 다시 먹을 수 있을 때까지는 인내해야 한다. 존재한다는 것은 노출돼 있다는 것이어서, 누구든 와서 반드시 괴롭히게 되어 있다. 내가 서 있는 한, 내 쪽으로 바람도 불어오고 화살도 날아올 수밖에 없는 법이다. 이처럼 살면서는 어려움이 없을 수 없다. 살아있다면 운명이다. 어쩔 수 없으므로, 기회라면 기회다.

"큰 어려움이 닥쳤을 때는 어떻게 피해야 합니까?"
"마침 잘 됐다."

어려움은 힘이 세어서 사람을 쉽게 무너뜨린다. 살아남아야겠다는 악착만 남아서 옹졸해지고 구차해진다. 낙담하고 변명하고 회피할 때, 나는 두 발로 걷는다지만 네 발로 걷는다 해도 할 말이 없다. 큰 어려움일수록 힘이 더 세어서 사람을 아예 부수어버린다. '내가 아무것도 아니었구나.' 절감하게 되고 무릎 꿇게 된다. 번번이 깨지니까 그중에 한 번 쯤은 깨치기도 한다. '아무것도 아니어야만 아무렇지 않게 살 수 있겠구나', 생각하게도 된다.

어려움은 정이 많아서, 잊을 만하면 내게 찾아온다. 버텨내는 것 말고는 대안이 없다면서, 뼈가 으스러지도록 껴안아 위로해준다. 실습으로 가르쳐주니까 이해가 더 잘 된다. 그래도 목숨까지는 건드리지 않는다는 게 어려움의 습성이자 예의다. 그래서 무슨 수를 써서라도 견뎌냈다면, 분명히 단단해져 있다. 끊임없이 닥쳐오는 고난 덕분에, 언제든 새로운 삶을 맞이할 수 있다. 막상 지나고 나면, 왠지 이겨내 있다. 낮이 올 거라며, 밤이 먼저 온다.

산세가 험할수록 구경거리가 많다

길을 잃었다면, 그 멈춘 곳이 길이고 그 떨고 있는 곳이 길이다. 길이 꼭 길처럼 생기거나 평평해야 할 필요는 없다. 구름에겐 허공이 길이고 밑바닥도 하나의 과정이다. 이 산을 겨우 넘었더니 저 산이 느긋하게 기다리고 있다. 나이 들다 보니 나도 느긋해져서, 굳이 울지 않고 돌아서 간다. 한낱 장애물인데, 목표물인 줄 알았다.

"사방에서 산山이 조여 올 때는 어떡해야 합니까?"
"빠져나온 자취가 없다."

천천히 가더라도 결국은 가고 있는 것이다. 약한 것은 악한 것이 아니다. 모자라다는 건 그래도 남아있다는 것이다. 부족하다는 건, 확실한 것만은 챙겼다는 것이다. 괴로운 인생일수록 걸림돌이 많다. 그럴 때는 그 걸림돌에 앉아서 쉰다. 산세가 험난할수록, 구경거리도 많이 남아있다는 사실을 잊지 않기로 한다. 첩첩산중이어야만 점입가경이다.

가지는 흔들려도 뿌리는 흔들리지 않는다

아무리 걱정에 걱정을 해도 걱정은 소진되지 않는다. 오직 늘어
나고 쌓일 뿐이다. 비관적으로 산다고 해서 내게 도움이 되는 것
은 하나도 없다. 월급이 더 나오는 것도 건강이 좋아지는 것도
아니다. 반대로 희망을 갖는다고 해서 손해를 보는 것도 아니다.
최소한 본전이니, 긍정적으로 살기로 한다.

> "무엇이 학인學人의 본분입니까?"
> "나무가 흔들리면 새들이 날아가고, 고기가 놀라면 물
> 이 흐려진다."

흔들리니까 인생이고 놀라니까 인생이다. 흔들리면서 버
티고, 놀라면서 방어하는 게 인생이다. 그래도 너무 자주 흔들리
고 놀라면, 아무래도 못난 인생이다. 나무가 흔들리면 새가 날아
가듯, 사람이 흔들리면 주변에 사람이 없다. 고기가 놀라면 물이
흐려지듯, 사람이 놀라면 지혜가 탁해진다.

흔들리는 마음은 나약해진 마음이어서, 마음을 다잡으면
될 것을 지푸라기나 잡고 있다. 놀란 마음은 미친 마음이어서,
닥치는 대로 때려 부수거나 닥치는 대로 맹신해버린다. 본래 정
신병이란 게 그렇다. 나를 좀체 믿지 못하고 자꾸 딴 데서 나를
찾는 나에게, 진짜 내가 내리는 형벌이다.

마음을 공부하는 자들은 끈기를 좋아하고 뚝심을 집으로
삼는다. 그래서 좀처럼 흔들리지 않는다. 가지는 흔들려도 뿌리
는 흔들리지 않아, 어떻게든 살게 되어있다. 놀라도 잠깐만 놀란
다. 모든 두려움은 본디 마음속의 두려움일 뿐이다. 내 마음 안
에 갇혀 있어서, 아무것도 하지 못한다.

인생의 의미는 내 힘으로 만들어 쓴다

인생의 의미를 묻는 사람치고 나쁜 사람은 없다. 인생의 의미를 아직 모르기에, 타인에게 인생의 의미를 함부로 강요하지 않는다. 자기에 대한 확신이 없기에, 매사에 조심스럽다. 부지런히 찾기만 하는 사람이어서, 누구에게서도 빼앗지 않는다.

"나지도 않고 죽지도 않는 도리란 무엇입니까?"
"너는 그 물음 하나로 됐다."

남에게서 찾지 않는 사람이어서, 웬만하면 자기가 짊어지려 한다. 그는 일반적이지 않고 그래서 범속하지 않다. 약탈하는 자가 아니라 창조하는 자다. 시간이 걸리고 좀 고통스럽더라도, 인생의 의미를 제힘으로 만들어서 쓴다.

번뇌가 없다면 살아서 할 일이 없다

과연 중생을 구원하러 부처님이 내려온 것일까. 중생으로서의 삶이 너무 절망적이니까, '부처님'이라도 만들어낸 것이다. 곧 부처는 불완전한 인간의 발명품이므로, 웬만해선 잘 작동하지 않는다. 절규에 귀가 어둡고 번번이 젯밥만 축낸다. 부처는 가슴 아픈 모든 사람들에게 번뇌가 되거나 번뇌만 된다.

그래서 부처님이 계신 곳은 어디나 지옥이다. 그러나 부처님이 계시므로 그 지옥은 거룩한 지옥이다. 지옥에 있음에도 지옥에 있는 줄 모르거나, 세상을 지옥으로 만들어가는 자들의 지옥에 비하면 매우 수준 높은 지옥이다. 으레 스트레스를 안 받는다는 성격의 인간들이, 남에게 극심한 스트레스를 준다.

"부처는 누구에게 번뇌가 됩니까?"
"모든 사람들에게 번뇌가 된다."
"어떻게 해야 면할 수 있습니까?"
"면해서 무얼 하려느냐?"

반면 생각이 많은 자들은 대개 부처가 되려는 자들이다. 고뇌하는 삶이란 별이 빛나는 밤과 같아서, 곳곳이 상처로 얼룩져 있다. 부처는 반드시 번뇌이지만, 번뇌가 있어야만 무의미한 삶을 견딜 수 있다. 죽음으로써 깔끔히 해결되기 전까지는, 삶은 방황과 오판으로서의 제 기능을 다한다. 삶은 걸핏하면 틀리게 함으로써, 자신의 심오함을 증명한다.

그리고 이때 번뇌는 수정하는 힘과 복구하는 힘과 갱신하는 힘이 된다. 지혜란 다시 일어나는 힘이며 '넘어져도 괜찮다'는 힘이며 '틀릴 수도 있다'는 힘이다. 밤하늘은 수많은 흉터들 덕분에 간신히 빛난다. 부처는 없다고 믿는 자들의 세상은 하나같이 싸구려이거나 아비규환이다. 번뇌를 면한다면, 살아서 해야 할 만한 일은 그리 많지 않다.

6

그냥 살기만 해도 살아지는데,
자꾸만 죽으려고 든다

중국인들은 중국 현대정치사의 거물들을 두고 이런 농담을 즐긴다. 술과 담배를 멀리한 린뱌오는 60대에 죽었고 술만 즐긴 저우언라이는 70대에 죽었다. 담배만 즐긴 마오쩌둥은 80대에 죽었고 술과 담배를 모두 즐긴 덩샤오핑은 90대에 죽었다. 술과 담배에 여색과 마약까지 즐긴 장쉐량은 100살 넘게 살았다. 독주毒酒를 마시며 이러고들 떠든다. 원래 웃자고 하는 이야기여서 몇 가지 중요한 사실이 빠져 있다. 린뱌오는 타고난 약골이었고 그것도 비행기사고로 죽었다. 장쉐량은 실각하면서 술과 담배와 심지어 아편까지 끊어냈다. 50년 이상 가택연금을 당하기도 했다. 나머지 세 사람이 생의 마지막까지 권력을 탐하거나 지키며 전전긍긍할 때, 그는 집에만 있었다.

길이 안 보인다는 거짓말

으레 한겨울이나 한여름에는 우울증이 완화된다. 너무 춥거나 너무 더우면 몸이 너무 힘들어서, 마음까지 아플 겨를이 없어지는 것이다. 심리적으로 매우 괴로우면, 집 밖에 나가 달리기를 하거나 격하게 운동을 하라는 이유가 이래서이다.

"도道는 어디에 있습니까?"
"길은 담장 바깥에 있다."
"그런 거 말고 큰 도요."
"큰 길은 장안(長安, 당나라의 수도)으로 통한다."

살아갈 길은 어디나 있다. 집 밖에만 나가도 길이 있다. 동네 한 바퀴만 돌아도 좀 나아진다. 여기저기 쏘다니다 보면, '길이 안 보인다'는 말은 거짓말임을 알 수 있다. 안 보이는 게 아니라 안 본 것이다. 발 부르트다 보면, 큰 길이다.

페널티킥을 맞닥뜨린 골키퍼의 불안

축구에서 골키퍼들은 대부분 몸집이 크고 길다. 필드플레이어들에 비해 압도적인 체구를 자랑한다. 세계에서 축구를 가장 잘하는 사람들이 모여 있는 잉글랜드 프리미어리그의 골키퍼들은 거의가 신장이 190센티미터 이상이다. 2미터를 넘는 선수도 어렵지 않게 구경할 수 있다. 더구나 늘씬한 체형에 팔다리도 길쭉하다. 신체가 크면, 그만큼 골문을 막을 수 있는 부피가 커진다. 또한 신체가 길다면 그만큼 몸을 날렸을 때 슈팅을 막아낼 확률이 높아진다. 마음의 문제도 이와 비슷하다. 선천적으로 성격이 대범하면 웬만해선 잘 상처를 받지 않는다. 물론 키가 작은데 잘하는 골키퍼들도 존재한다. 그들은 덩치의 약점을 압도적인 반사 신경으로 만회하는 임기응변의 사나이들이다. 누군가에게 비난을 당하면, 즉시에 말로 똑같이 되갚아주는 녀석들이, 예전부터 참 부러웠다.

〈페널티킥을 맞닥뜨린 골키퍼의 불안〉이라는 신선한 제목의 영화가 있다. 1971년 작품으로 동명의 소설을 각색했다. 정작 내용은 축구와 거의 상관이 없다. 제2차 세계대전 이후, 전범국이었던 독일의 전후세대 청년들의 어두운 심리를 다뤘다고 한다. 선수 시절 꽤 유명한 골키퍼였던 주인공은 공사장의 조립공으로 일하고 있다. 어느 날 현장감독이 자신을 힐끗 쳐다봤다는 이유로 그는 자신이 해고되었음이 분명하다고 생각한다. 페널티킥을 막아내야 하는 극도의 긴장감에 익숙한 골키퍼들은 이처럼 극도의 예민함을 가지고 있다. 알다시피 축구는 점수가 잘 나지 않는 스포츠다. 골키퍼의 실수는 곧바로 실점으로 연결되며 패배와 매우 가까워진다. 그냥 게임에서 한 골 먹은 것뿐인데, 골키퍼의 심정은 마치 사랑하는 여자를 빼앗긴 것 같고 인생이 무너진 것 같다. 세상의 모든 문제를 자신의 문제로 삼는다.

어려서는 그래도 친구가 좀 있어서 동네에서 이런저런 놀이를 했다. 엄밀히 말하면, 정을 나누는 친구라기보다는 그냥 나이 어린 동네사람들이었다. 코흘리개들의 집합이었으나 그들의 사회도 사회여서, 서열이 존재했다. 주먹이 세고 기가 센 아이들이 갑을 차지하고, 착하고 무기력한 아이들은 을이 되어 받쳐줬다. 어쨌든 모이면 자주 축구를 했고 나는 골키퍼만 봤다. 골키퍼는 일반적으로 그리 인기가 없는 포지션이다. 무릇 아이들은 나대기를 좋아하고, 공격수가 되어 세상의 전면에 나서서 누비기를 좋아한다. 게다가 저질의 축구일수록 실점을 하면 그 책임을 무조건 골키퍼에게 묻는 편이다. 곧 골키퍼는 다들 꺼리는 자리였고 그래서 나는 비교적 무난하게 골키퍼가 될 수 있었다. 실력은 형편없었다. 다만 나는 끝까지 세상의 구경꾼으로 남아, 피흘리지 않고 시비 걸리지 않았으면 좋겠다.

무엇보다 골키퍼는 숨차게 뛰지 않아도 되고 몸을 움직일 필요조차 별로 없다는 점이 최고의 매력이었다. 나의 골키퍼는 이처럼 게으름과 무책임의 결과이지만, 어쨌든 상당한 쾌감과

보람을 가져다주었다. 한 골도 먹지 않으면 나를 온전히 지켜낸 것처럼 기뻤다. 아무것도 빼앗기지 않았다 또는 누구도 나를 함부로 대할 수 없다며 자축했다. 한편 골을 먹더라도 기분이 아주 더럽지는 않았다. 일종의 자기징벌을 통한 자기정화랄까. 치러야 할 죗값을 기어이 치러낸 것처럼 마음이 홀가분해졌다. '어쨌든 나는 최선을 다 했으니 아무도 나를 건드려선 안 된다'는 합리화를 만들어내기에, 골키퍼는 아주 확실하고 적절한 빌미이자 알리바이였다. 골키퍼가 되어 무언가를 지킨다는 것이, 행여 지켜내지 못하더라도 지키고 있다는 분명한 사실은, 크나큰 즐거움이자 변명거리였다.

이른바 '닥공(닥치고 공격)' 축구는 재미있다. 격렬하고 호쾌하니까 많은 관중을 불러 모은다. 그러나 공격적인 축구가 100% 승리를 장담하는 것은 아니다. 다섯 골을 넣더라도 다섯 골이나 그 이상을 먹으면 맹탕이거나 헛고생이 된다. 물론 다섯 골을 넣을 수 있다는 건 그만큼 전반적인 경기력이 탁월한 팀이라는 뜻이어서, 그런 팀이 다섯 골을 실점할 일은 거의 없다. 단지 아무튼 백전백승은 이루기 어렵다는 말이다. 이에 반해 수비가 강한 팀은 이기지는 못하더라도 웬만해서는 지지는 않는다. 경기력이 어떻든 선수들의 매너가 어떻든, 실점만 하지 않으면 최소한 무승부이고 그래서 면피가 된다. 수비형 인간인 나는 골대 앞에 벽을 쳐놓았고 그 안에서 움직이지 않았으며 모두를 경계했고 감나무에서 감이 떨어지길 기다려왔다. 그런데 축구장에 어떻게 감나무가 서 있을 수 있지?

더구나 수비적인 마인드와 수비적인 역량은 엄연히 다른 것이다. '수비를 강화하겠다'는 생각이 '강화된 수비'라는 사실과 직결되지 않는다. 인과관계는 자연적인 순리가 아니라 대개는 인공적인 전략과 끈기로 만들어진다. 콩이 있으면 콩이 나는 게 아니라, 콩을 반드시 심고 일껏 가꿔야만 콩이 나는 법이다. 반면 나의 수비는 능동이 아니라 피동의 산물인데, 늘 외롭고 억울하다고 생각하니까 자연스럽게 방어적으로 변화한 것이다. 축구에서 수비를 잘하는 팀은 결국 공격을 잘하기 위한 준비이고 전제다. 그러나 나의 수비는 수비를 위한 수비였다. 상대편 골대에 골이 들어가든 말든, 내게 주어진 골대만 지키면 그만이라는 강박관념에 기대고 있다. 결국 집요한 골키퍼로서의 나는, 인생의 소중함이나 주변의 사랑하는 사람을 지키는 일이 아니라 나의 욕심과 오기를 지키는 자일뿐이었다.

'페널티킥penalty-kick'은 말 그대로 징벌이다. 그리고 대부분 골키퍼가 아니라 같은 팀의 다른 선수가 저지른 반칙에서 비롯된다. 골키퍼의 잘못이 아니지만 전적으로 골키퍼가 감당해야 하는 몫이다. 이 모순적 상황이 골키퍼의 성격을 더욱 폐쇄적이고 독선적으로 만든다. 만약 실점을 하게 되면 골문을 골키퍼가 지키지 못한 것은 엄연한 사실이므로, 길길이 날뛴다. 하기야 페널티킥을 야기한 선수들도 나름대로 잘해보려다 그렇게 된 것이다. 욕할 수는 있지만 탓할 수는 없다. 그러나 최종책임자라는 점에서 골키퍼는 탓할 수밖에 없고 분할 수밖에 없다. 나의 골키퍼도 마찬가지다. 더 이상 빼앗기고 싶지 않다는 마음은, 응어리가 많은 마음이고 여기저기 갈라지고 부서진 마음이다. 그러므로 빈틈이 많다. 누군가 저 앞에서 큼지막한 먹이를 들고 흔든다면, 지금도 당장 골문을 비우고 뛰쳐나갈 수도 있다.

"높고 험해서 올라가기 어려울 때는 어찌합니까?"
"나는 높은 봉우리에 오르지 않는다."

하지만 골키퍼가 아득바득 골문을 지키려는 이유는 자기가 아니라 자기가 속한 팀을 위해 그러는 것이다. 동료들이 잘못하지 않았다면 페널티킥을 감당해야 할 이유가 없다. 반대로 동료들이 잘 해준다면, 페널티킥을 당하더라도 충분히 이길 수 있다. 어차피 골키퍼가 페널티킥을 막을 수 있는 확률은 평균 20% 남짓이다. 그렇다고 한 골 먹었다 해서 무조건 패배하는 것은 아니다. 두 골을 넣을 수 있는 있는 내 편이 있고 만회할 시간도 있다. 골키퍼는 11명 선수들 가운데의 한 조각일 뿐이다. 곧 골키퍼로서의 삶은 내 인생의 일부에 지나지 않는다. 그러므로 높고 험해서 올라가기 어려울 때에는, 억지로 올라가기보다 친구들이 올라올 때까지 쉬면서 기다리는 게 낫다. 혼자 올라가 있어봐야, 혼자만 쓸쓸하고 혼자만 조난되기 쉽다. 나 자신을 지키는 일에만 열중하다 보면, 내 삶 전체를 망치기 십상이다.

그렇다고 남들에게만 의존해서는 곤란하다. 이 세상엔 골키퍼의 어처구니없는 실수만큼, 죽이고 싶은 일도 드물다. 그러니 팀이 좋으려면 골키퍼도 좋아야 하고, 삶의 하나하나가 충실해야만 비로소 삶 전체가 충실해지게 마련이다. 마지막으로 골키퍼에게 방어능력만큼이나 중요한 것이 수비를 지휘하는 능력이다. 골키퍼로서의 인생이 외롭지 않으려면, 힘들 때마다 주변의 자기편에게 힘들다고 털어놓는 것이 좋다. 프리킥을 맞닥뜨린 골키퍼가 선수들과의 긴밀한 소통으로 수비벽을 알맞고 탄탄하게 세우듯이. 물론 삶의 진정한 고난은 프리킥이 아니라 페널티킥의 모습으로 다가온다. 이때는 공을 차는 상대 팀 선수의 움직임에 끝까지 집중하면서, 마지막까지 침착함을 유지해야 한다. 다른 도리란 없고 삶의 위기는 대개 이런 자세를 바란다. 누구나 끝내는 다들 골키퍼라고 생각해서 쏟아낸 말들이다.

마음 쓰이는 일에 마음 쓰지 않는 것

불교에서는 행복의 열쇠로 자리이타自利利他를 말한다. 나의 이익은, 남을 이롭게 하는 데서 온다는 의미다. 그렇게, 남들을 즐겁게 해주어야만 돈이 생긴다. 내가 나를 즐겁게 해주면 뿌듯하기는 하지만 굶어야 한다. 얼핏 내가 사는 것 같지만 실은 남들이 나를 사는 것이다. 남이 나를 받아줘야만 취직을 하고, 남이 나를 쓸만해야만 결혼을 한다. 남들이 내 마음을 받아주지 않으면 남에게서 상처를 받는다. 그러므로 마음이 불편하거나 시무룩하다면, 어쨌든 마음을 내어주긴 했다는 것이다. 사람 구실은 하고 있다는 얘기다.

"무엇이 본마음입니까?"
"나는 소 잡는 칼을 쓰지 않는다."

한번은 공자孔子가 제자인 자유子游가 관리로 일하고 있는 시골마을을 방문했다. 공자는 나라를 능히 다스릴 만한 인재가, 겨우 촌구석에서 썩고 있다며 안타까워했다. 그래서 '닭을 잡는 데 소 잡는 칼을 쓰고 있다'는 표현을 썼다. 곧 우도할계牛刀割鷄는 어떤 일을 처리하기 위해 지나치게 큰 수단을 사용하는 것을 나무라는 말이다.

결국 사소한 일에 너무 예민하게 반응하지 않는 것, 마음이 쓰이는 일에 그다지 마음 쓰지 않는 것. 이것만으로도 부처님의 마음이다. 소 잡는 칼로는 소를 잡아야 하는데, 꼭 나를 잡게 되더라.

죽고 싶어도 죽지 않는 게 삶의 맛

길든 짧든 혹은 갑자기 가든 천천히 가든 마찬가지다. 일정한 시간을 살다가 사라지는 것이 삶이다. 그 시간은 가파를 때도 있고 만만할 때도 있다. 줄기차게 오르내리는 산등성이는 아름답다. 인생의 묘미도 굴곡에 있다.

곧 때때로 죽고 싶지 않다면, 그것은 삶이 아닌 것이다. 그 어떤 시련과 미움도, 결국은 삶을 보다 삶답게 만들기 위한 과정이었다. 죽고 싶을 만큼 힘든 것이 삶의 본질이요 그래도 죽지는 않는 것이 삶의 백미다.

"개에게도 불성佛性이 있습니까?"
"집집마다 문 앞의 길은 장안長安으로 통한다."

개조차도 불성을 가지고 있듯이, 불성에 따라 꿋꿋이 사는 것이 사람의 인생이다. 아울러 집집마다 문 앞의 모든 길은 초상집으로 통한다. 서울생활은 많이 바빴는데, 장안에서는 좀 쉴 수 있었으면 좋겠다.

다리 아플 다리가 없고 머리 굴릴 머리가 없을 테니 분명히 그럴 수 있을 것이다. 죽어서 어찌 될지는 모르겠으나, 그래도 일단 죽을 수는 있다. 어떻게 살았고 어떻게 힘들었든, 우리 모두는 죽음을 가지고 있다.

삶이 나를 너무 가지고 논다 싶을 때

내가 산다고 하기엔, 삶이 나를 너무 가지고 논다. 그럴 때는 삶이 나를 더 잘 가지고 놀 수 있도록 나를 내버려둔다. 될 대로 되라면서 나를 처박아둔다. 안 되도 좋다면서 나를 쫓아버린다. 잠이 안 오면, 안 잔다. 삶이 가라는 대로 한번 가 보는 것이다. 괴로울 건 없다. 어차피 내가 살아있다는 건 그리 대단한 일이 아니다. 모두가 결국은 죽는다는 것을 보여주기 위한, 또 하나의 하찮은 증거에 지나지 않는다. 꼭 내가 살지 않더라도, 나는 항상 살아있다.

"큰 바다는 모든 강물을 받아들입니까?"
"큰 바다는 '나는 모른다'고 말한다."

바다는 흔히 포용의 상징으로 통한다. 모든 강물을 넉넉하고 평등하게 받아들이는 것처럼 보이기 때문이다. 하지만 엄밀히 따지면 바다가 강물들을 받아들인 것이 아니라, 강물들이 바다로 흘러간 것이다. 바다는 가만히 있었을 뿐 아무 일도 한 것이 없다. 다만 그 자리를 결코 떠나지 않았다는 것이 유일한 일이다. 대신 아무 물이나 다 받아줬다는 것이 거룩한 일이다. 나중에 내 삶은 아무것도 아니었다고 말할 수 있다면, 나는 부처님일 것이다.

내 반드시 나귀의 뱃속에서 똥을 파먹으리라

게임의 하나로 '지는 씨름'이란 게 있다. 상대를 먼저 쓰러뜨리는 게 아니라, 자기가 먼저 쓰러져야만 이기는 것이라는 독특한 규칙이다. 조주와 그의 제자였던 문원文遠이 어느 날 지는 씨름과 비슷한 내기를 했다. 그리고 여기서는 지는 것이 이기는 것이어서, 이긴(진) 쪽이 호떡을 사기로 했다. 누가 더 병신인가를 두고 겨루는 모양새다.

> **조주** : 나는 한 마리 나귀다.
> **문원** : 저는 그 나귀의 위장胃腸입니다.
> **조주** : 나는 나귀의 똥이다.
> **문원** : 저는 나귀 똥 속의 벌레입니다.
> **조주** : 자네는 똥 속에서 뭘 하려는가?
> **문원** : 저는 거기서 하안거를 지내겠습니다.
> **조주** : 어서 호떡을 사와라.

나귀보다 나귀의 위장이, 나귀의 똥보다 나귀의 똥 속에서 사는 벌레가 더 비천하다. 일단 여기까지는 문원의 우세다. 사실 이 게임은 원래 후공後攻이 유리한 법이다. 먼저 공격하는 자가 어떤 사물을 제시하면, 그보다 가치가 낮다고 여겨지는 사물을 떠올려 맞대응하면 그만이다. 어휘력만 좀 있으면 순조롭게 방어할 수 있다.

그러나 조주는 괜히 구순피선口脣皮禪이라 불리는 것이 아니다. 타고난 순발력으로 문원의 옆구리를 찔렀다. '벌레'라는 '명사'가 아니라 '벌레의 삶'이라는 '동사'로 화제를 불쑥 전환하고 있다. 동사는 명사에 비해 그 양태가 복잡한 법이다. '시간'과 '운동'이라는 변수가 개입됐기 때문이다.

예를 들어 눈앞에 뛰어가는 토끼가 나타났을 때, 흰 토끼이든 검은 토끼이든 '토끼가 뛴다'는 사실은 누구나 쉽게 알 수 있다. 그러나 '어떻게' 뛸지는 종잡기 어렵다. 나도 마찬가지다. '나'라는 명사가 사는 것은 충분히 알겠는데, 어떻게 살아야 할지 왜 사는지에 대해서는 자꾸만 의문이 든다.

문원도 이에 당황했는지 그만 악수를 두었다. 원전原典에는 그저 '여름을 보내겠다'는 뜻의 '過夏(과하)'로 표기되어 있는데, 흔히 '하안거夏安居를 지내겠다'로 의역한다. 안거란 여름과 겨울 각 3개월씩 스님들이 바깥 출입을 금하고 수행에 전념하는 일을 가리킨다. 그리고 안거를 시작하거나 마치는 장면은 불교계 어느 신문에든 대문짝만하게 실린다.

그만큼 안거는 고귀한 일이고 '있어 보이는' 일이다. 곧 벌레가 안거를 하려면 최소한 인간의 발꿈치까지는 올라와야 한다. 결국 문원은 져야만 이긴다는 게임의 법칙을 위반하고 말았다. 그저 간단하게 '똥을 먹는다'고 답했으면 호떡을 물어내지 않아도 될 것을. 좀 더 멋지게 이기려다가 정말로 '이겨버렸다.'

하기야 문원만 침울해할 일은 아니다. 나 역시 이들의 대화를 이해하는 데 꽤나 시간이 걸렸으니까. '이겨야만 이기는 것'이라는 개념에 너무 오래 익숙했고 연연했던 탓으로 보인다. 누군가를 이겨먹는다는 일은 나귀의 뱃속에서 똥을 파먹는 일일 수도 있다. 그냥 살기만 해도 살아지는데, 자꾸만 죽으려고 든다.

7

나답게 살고 싶다는 마음이 오히려 나를 파괴한다

'운칠기삼運七技三'은 《요재지이僥齋志異》라는 중국의 패관소설에 나오는 개념이다. 과거시험에 번번이 낙방하던 고시생이 있었다. 가산은 탕진했고 아내는 도망갔다. 무엇보다 자기보다 못나고 게으른 자들이 턱턱 급제를 했다. 크게 실망한 그는 목을 매었다. 옥황상제 앞에서 현실의 부당성을 따졌다. 옥황상제는 운명의 신神과 정의의 신을 호출해 술 내기를 시켰다. 정의의 신은 석 잔밖에 못 마셨고 운명의 신은 일곱 잔을 마셨다. 나이가 들다 보면 운칠기삼조차 순진한 발상이었다고 느끼게 된다. 운구기일運九技一이다. 워낙 다양한 이해관계가 얽히고설키는 곳이 세상이니, 그 이익과 손해의 왕래는 매우 복잡하고 미묘하다. 내가 물방울이라면, 주변의 환경과 변수는 집채만 한 파도와 같다. 물론 아부도 능력이고 괴롭힘도 능력이긴 하다. 내 노력이 부족했을 수도 있고 남이 내가 보지 못하는 곳에서 더 노력했을 수도 있다. 다만 분명한 것은 인생이 술술 잘 풀린다고 생각될 때는, 운칠기삼이든 운구기일이든 검색하지 않는다는 것이다.

037

적당한 인내, 적당한 분노, 적당한 잘난 척

'코로나19' 바이러스 사태로 유명해진 게 '자가면역질환'이다. 자가면역질환은 한마디로 정리하면 '자기가 자기를 무너뜨리는 병'이다. 알다시피 면역은 나를 살리기 위한 힘이고 시스템이다. 으레 세균과 바이러스 등 미생물이 침입하면 면역체계가 작동해 이들을 사멸시키고 신체의 건강과 항상성을 유지한다. 면역이 곧 나다.

반면 자가면역질환은 면역계가 외부의 항원이 아닌 내부의 정상세포를 공격해서 생기는 질병이다. 이처럼 내가 나를 죽이는 자가면역질환의 종류는 100가지가 넘는다. 두드러기로도 오고 관절염으로도 오고 원형탈모로도 온다. 폭발적인 고열과 염증으로 사망에 이르게 하는 이른바 '사이토카인 폭풍'이 가장 강력한 자가면역질환이다.

"깨닫고 싶으면 일단 마음을 병들게 하지 말아야 하는
데, 그 병을 고치기가 가장 어렵다."

'마음의 병'도 그렇다. 우울증이 자가면역질환이라면, 자살충동은 심리적 사이토카인 폭풍이다. 자기의 생각이 자기의 마음을 무너뜨리고 급기야 자신의 전체를 무너뜨리는 병이다. 본디 사람은 생각으로 이익을 얻고 생각으로 위기를 모면한다. 결국은 제 한 몸 잘 살아보자고 만들어내는 것들이다. 좋은 생각이든 나쁜 생각이든, 본질적으로 꼼수다.

마음의 병은 이런 면역으로서의 생각이 뜬금없이 자폭으로서의 생각으로 돌변한 상태다. 우울증의 주된 증상에는 절망감, 무기력감, 자기혐오감 그리고 죄책감이 있다. 주변이 괴롭혀서 그 지경이 된 건데, 어이없게도 괴롭힘을 당하는 자기 자신을 저주하는 특징을 갖는다. 죽이고 싶은 놈들한테 미안하다고 하게 된다.

자가면역질환은 여성이 남성에 비해 더 잘 걸리는 편이다. 신기한 것이, 우울증 환자의 남녀 성비 차이와 상당히 비슷하다. 또한 섬세하고 예민한 성격의 소유자가 마음의 병에 가까워지기 쉽다고 한다. 좀 냉정하게 말하자면, 섬세하다는 건 자신의 결점을 사사건건 문제 삼는 성격이라는 것이다. 손가락질을 칼날로 받아들인다.

아울러 예민하다는 건 자기답지 않은 것을 좀처럼 수용하지 못하는 성격이라는 것이다. 완벽주의자들도 우울증의 주요한 표적이 되는데, 일반적으로 그들은 자기애가 아주 강한 사람들이다. 스스로 이상적인 자아를 설정해놓고, 자신의 삶을 거기에 무조건 끼워 맞추려는 행태를 보인다. 모든 완벽주의자는 피학주의자다.

마음의 병은 슬픔의 침식이고 퇴적이다. 현실에서 실패와 시련을 반복하는 자신에게 지쳐서 생기는 병이고, 스스로 인정할 수 없고 용납할 수 없는 스스로를 비난하고 학대하다가 걸리는 병이다. 그러므로 나답게 살고 싶다는 욕심을 버려야만, 치료를 시작할 수 있다. 나답게 살고 싶다는 마음이 역설적으로 나를 파괴하기 때문이다.

깨달음이 완전한 행복을 의미한다면, 우선 마음을 병들게 하지 말아야 한다. 마음에서 나를 덜어내야 면역력이 올라간다. 자만심이 삶을 망치고 자존심 때문에 삶이 더 망가지는 법이다. 따지고 보면, 자기 자신에 대한 고집은 자신의 실제 삶에 번뇌가 되거나 장애만 되기 일쑤다. 굳이 나를 드러내지 않아도 내가 사는 데 크게 지장은 없는데 말이다.

자가면역질환의 발병 원인에 대해선 아직 명확히 규명된 바가 없다. 다만, 오히려 인체의 면역력이 떨어지면 증상이 호전되는 경우가 많아 이채롭다. 나이가 들어 몸이 늙고 약해지면 자연스럽게 낫기도 한다. 애써 고치려고 하지 않으니까 도리어 좋아지는 것이라고 말할 수 있다. 자기다움이란 집착을 버려야 비로소 자기다워지는 것이다.

특히 위생이 열악한 후진국에는 기생충 환자가 많은 대신 자가면역질환자가 없다는 전언이다. 면역계가 기생충에만 집중하느라 엉뚱한 데로 눈을 돌리지 않는 덕분이다. 곧 마음속에 자잘한 골칫거리 몇 개쯤은 담아두고 사는 것이, 모순적이지만 건강의 조건일 수도 있겠다. 긴장은 삶에 고통을 주지만 탄력도 준다.

면역억제제 주입도 하나의 방법이다. 그렇다고 면역력을 너무 많이 떨어뜨리면 암癌이나 감염의 위험에 더 쉽게 노출될 수 있다. 결국 면역력이 너무 세지도 너무 허물하지도 않게 적절히 균형을 맞추는 것이 중요하다. 이런 차원에서 너무 열심히 사는 것도 너무 대충 사는 것도 위험하다. 줄이 너무 팽팽하면 끊어지고, 너무 느슨하면 음악이 되지 못한다.

적당히 일하고 적당히 쉬고, 적당히 순종하고 적당히 저항하고, 적당히 인내하고 적당히 분노하고, 적당히 잘난 척하고 적당히 무너지면서 인생은 조금씩 색깔을 더한다. 불교의 중도中道란 바로 이러한 행동양식을 일컫기도 한다. 이렇게도 해보고 저렇게도 해보면서 삶을 꾸준히 나아지게 하는 것. 저울이 중심을 유지하려면, 끊임없이 흔들려야 한다.

038
실용주의적 깨달음

마음은 그냥 쓰라고 있는 것이지 깨달으라고 있는 것이 아니다. 특별히 마음 쓸 필요도 마음먹을 필요도 없다. 굳이 마음 쓰지 않아도 끊임없이 신경이 쓰이고, 일부러 마음먹지 않아도 기어이 강해지게 되어 있다. 내 마음이나 남의 마음이나 똑같아서, 다들 그러고 산다. 세상이 도대체 왜 이럴까 궁금하다면, 내 마음 돌아가는 꼬락서니만 보면 된다.

"어떻게 해야 볼 수 있습니까?"
"커지면 바깥이 없을 정도로 크고, 작아지면 안이 없을
정도로 작다."

마음은 형체가 없고 따라서 경계도 없다. 커지면 끝없이 커지고 작아지면 무한하게 작아진다. 기분이 좋으면 온 세상을 용서할 수 있다. 기분이 나빠지면 모두가 원수다. 살다 보면 이 꼴 저 꼴 다 보듯이, 마음도 변덕이 심하다. 마음이 부처라지만 마음은 부처가 아니다. 결코 믿을 것이 못 된다. 다만 생각나는 대로 자유롭게 살아갈 때만이, 그 마음이 딴생각을 안 한다.

칠흑 같은 진리

나만 보고 살면 나 이외에는 아무것도 보이지 않는다. 나답게 살면 나밖에는 안 된다. 나만을 위해 살면, 나를 위해 나를 희생해야 한다. 자살이란 게 바로 그런 것이다. 나를 덜어내지 않으면 내가 내게 깔린다. 나를 내려놓지 못하면 끝내 내가 나를 죽인다. 나만 생각하지는 말아야 내게도 새로운 길이 열린다.

"무엇이 현玄 가운데의 현입니까?"
"현한 지 얼마나 되었느냐?"
"오래 됐습니다."
"나를 만났기에 망정이지. 하마터면 현 때문에 이 바보
가 죽을 뻔했구나."

현玄은 '검을 현'이다. 어둠을 뜻하기도 한다. 엄밀히 말하면 빛과 어둠이 나뉘기 전의 색깔을 가리킨다. 예로부터 태초의 진리에 대한 은유로 쓰였다. 그러나 진리란 자기만의 헛소리. 곧 참다운 진리를 얻었다는 건 다름 아니라 어둠에 갇혔다는 것이다. 더구나 최고의 진리여서, 그것은 도저히 빠져나올 수 없는 어둠이다.

문제가 있다고 생각하니까 문제가 생긴다

팔만대장경을 쪼개고 쪼개다 보면 마지막엔 '마음 심心' 글자 하나만 남는다는 얘기가 있다. 곧 마음의 본질을 규명하기 위해 그 많은 설법이 있는 것이다. 결국 존재의 핵심은 마음이고 행복의 관건도 마음이다. 마음이 편안해야 삶이 편안하다. 마음의 응어리를 잘 풀어야 인간관계가 잘 풀리고, 마음을 잘 관리해야 패가 망신하지 않는 법이다. 마음의 문제를 해결해야만 삶의 문제가 비로소 해결된다. 그런데 사실, 삶에는 아무런 문제가 없다.

"무엇에도 끌려 다니지 않습니다."
"마땅히 그래야 할 것이다."
"그것이 학인의 본분입니까?"
"끌려 다니는구나. 끌려 다녀."

어떤 상황에서도 숨은 쉬어진다. 화가 머리끝까지 치밀어도 머리카락은 자라고, 욕이 목구멍까지 올라와도 목구멍에 밥이 들어간다. 그 어떤 식으로 살아도 삶은 잘 살고 있다. 단지 문제가 있다고 생각하니까 문제가 생기는 것이다. 삶에는 아무런 문제가 없다. 오로지 마음에만 문제가 있을 뿐이다. 애써 답을 찾으려니까 문제에 옭아 매인다. 진정으로 나답게 산다는 것은, 나답게 산다는 것에 연연하지 않는 것이다.

생각이 많다는 것은 욕심이 많다는 것

생각이 많다는 것은 게으르다는 것이다. 그래서 생각만 하고 있는 것이다. 생각이 많다는 것은 욕심이 많다는 것이기도 하다. 이것도 가지고 싶고 저것도 놓치기 싫으니까, 생각이 두 배가 되어 마음을 짓누른다.

"무엇이 바로 그것(的)입니까?"
"한 생각도 일어나지 않을 때이다."

암癌의 최대 요인은 흡연보다 비만이고, 생각만 하는 마음은 암에 잘 걸린다. 자신은 특별한 존재라며 특별히 괴로워하고, 인생을 좀 더 알차게 괴롭히려고 일부러 만들어서 생각한다. 불안한 마음은 비만의 마음이다.

사자가 사냥을 할 때 사람은 알바를 뛴다

여우는 머리를 써서 잡아먹고, 늑대는 떼거리를 지어서 잡아먹는다. 동물의 사체를 먹는 승냥이는 잡아먹힌 것들을 잡아먹는다. 물론 포식자들의 살육은 죄악이기에 앞서 생활이다. 주어진 조건 속에서 최선을 다해 자신들의 삶을 이어가고 있을 따름이다. 그들의 게걸스러움은 자연스러움이다.

익혀 먹을 수 있으니, 굳이 잡아먹지 않아도 되는 인간의 입장에서나 끔찍하게 보일 뿐이다. 게다가 사람도 얼굴 빳빳이 쳐들 형편은 아니다. 실력으로 잡아먹거나 작당을 해서 잡아먹거나 하청을 받아서 잡아먹는다. 사슴이 풀을 뜯을 때 사람은 윗사람 아래서 온순해진다. 사자가 사냥을 할 때 사람은 알바를 뛴다.

"무엇이 평상심平常心입니까?"
"여우와 늑대와 승냥이다(狐狼野干是호랑야간시)."

《법화경法華經》은 인간이 얼마나 탐욕스럽고 잔인해질 수 있는 존재인지에 관해 비유를 들어 설명하고 있다. '호랑야간狐狼野干 저작천답嘴踐踏 제설사시蹄齧死屍 골육낭자骨肉狼藉'는 무시무시하고 참혹한 구절이다. "여우[狐]와 늑대[狼]와 승냥이[野干]가 시체를 물어뜯고 짓밟아 뼈와 살이 여기저기 널려 있는 것"이 인간의 본성이란다.

곧 짐승 같은 마음이 바로 인간적인 마음인 셈이다. 다리의
개수가 다르고 그 다리들로 걷는 방법이 서로 다를 뿐이다. '물
어뜯고 짓밟음으로써' 인간과 자연은 하나가 된다. 뼈와 살이 산
산이 흩어지면, 인간인지 짐승인지 그 고깃점의 신분을 헤아릴
수 없다. 개의 자녀들이 눈 내리면 좋아라하듯, 사람의 비속들도
눈밭을 미쳐 날뛴다.

예로부터 선사禪師들은 '평상심이 바로 도道'라며 평상심을
중히 여기고 높이 샀다. 으레 아무런 미움과 걱정이 없는 고요하
고 한가로운 마음으로 풀이한다. 그러나 단 한 끼라도 거르면 무
너지기 십상인 게 평상심이다. 그럴듯하지만 그래 봐야 중생심
인 것이다. 조금만 방심하면 불안장애일 수도 있다.

"여우와 늑대와 승냥이가 평상심"이라는 조주의 말은《법
화경》을 인용한 말이며, 끊임없이 허기를 채우고 앞다투어 먹어
대야만 지켜갈 수 있는 마음이 평상심이라는 말이다. 특유의 날
카롭고 냉소적인 직언으로 평상심의 어둡고 허술한 이면을 파
헤치고 있다. 인간은 배부를 때만 인간다울 수 있는 법이다.

생명의 질서는 이처럼 존엄하다기보다는 엄혹하다. 그렇
다고 부당한 것은 아니다. 어쨌든 살아야 하니까 이러는 것이고,
살려다 보니까 이렇게 된 것이다. 그리하여 평상심平常心이란 평
온한 마음이 아니라 평상시의 마음이다. 살아가면서 생길 수 있
는 모든 마음이고, 좀 살만하면 또 오락가락하는 마음이다.

결국 '평상심이 도道'라는 것은, 하던 대로 그냥 하라는 것이

다. 어떻게든 살아보려고 애쓰는 마음만으로도 그 삶은 의미가 있다는 것을 의미한다. 나 자신도 짐승이 될 수 있으니 짐승 같은 놈들을 이해하라는 것이기도 하고, 짐승처럼 구차하게 살더라도 본래부터 짐승이니 너무 낙담하지 말라는 것이기도 하다.

Chapter 3

일

밥벌이가 삶의 본분이고
설거지가 삶의 출구이다

8

기도를 하든 참선을 하든,
일하고 나서 해야 한다

낙관주의자보다 비관주의자가 더 잘 산다. 미국의 해군 장교였던 제임스 스톡데일(James Stockdale, 1923~2005)은 '스톡데일 패러독스Paradox'의 주인공이다. 그는 베트남전쟁 당시 적에게 사로잡혀 무려 8년 동안이나 포로수용소에 갇혀 있었다. 수감 중에는 20차례가 넘는 고문을 받았다. 스톡데일의 회고에 따르면 수용소에서 가장 일찍 죽는 사람들은 무작정 좋아질 것이라고 믿는 사람들이었다. 더 나빠질 수 있다며 각오하는 사람들이 아니라. 근거 없는 희망은 결국 바닥 없는 절망으로 마무리되더란다. 견디고 기다리고 준비하다가 마침내 석방된 스톡데일은 현역으로 복귀한 뒤 3성星 장군으로 당당하게 전역했다. 우리가 끝까지 버티고 버티면서 마지막까지 인생을 완성해가는 것처럼.

마음을 비워야, 밥이라도 맛있게 먹을 수 있다

산다는 건 결국은 사는 것밖에 안 되어서, 죽기 전까지는 이러나저러나 살아야 한다. 그런데 그냥은 안 살아지고 먹어야만 살아진다. 이러니저러니 해도 식욕이 존재의 실상이고, 허기가 존재의 이유다. 꼬박꼬박 하루 세 끼를 먹든 살 뺀다고 하루 한 끼를 먹든, 먹어야 한다. 호텔에서 뷔페를 먹든 쪽방에서 라면을 먹든, 먹어야 한다. 당장 죽는다고 해도, 당장은 먹어두어야 한다. 채식주의자라도, 먹어야 한다. 문명이란 먹고살자고 하는 짓들의 총체이며, 위대한 자들은 비싼 음식을 먹을 수 있는 자들일 뿐이다.

"무엇이 저의 본분입니까?"
"죽은 먹었니?"
"먹었습니다."
"그럼 밥그릇이나 씻어라."

그냥은 안 살아지듯이, 밥도 그냥은 안 온다. 벌거나 빌어야만 그릇에 밥이 담긴다. 또한 빈 그릇에만 밥이 채워진다. 마음을 비워야, 밥이라도 맛있게 먹을 수 있다. 때 되면 밥을 먹고, 밥그릇을 깨끗이 씻은 뒤에 그 다음의 밥을 기대하거나 도모하는 것. 어떤 삶이든 이것을 수긍해야만 시작되고 이것과 타협해야

만 좋아질 수 있다. 거지에게도 밥그릇이 있듯이, 내게도 밥그릇
은 있다. 그래서 괴로울 때는 밥부터 먹는다. 불안할 때는 밥그
릇부터 씻는다. 밥벌이가 삶의 본분이고 설거지가 삶의 출구다.

밥벌이만 잘 해도 깨달을 수 있다

내게 삶이란 아주 간단하고 명료하다. 먹고살려다 보니, 여기까지 왔다. 다른 이유는 없고 있어도 무의미하다. 그래서 오늘도 밥을 먹는다. 꼭꼭 씹어서 먹는다. 참는 것도 그렇게 한다. 밥을 챙겨 먹기 위해 남의 밥이 되어주기도 한다. 끼니를 안 거르려고, 웬만한 스트레스는 거르지 않고 받아준다. 밥 말고도 꿈이 있기는 한데, 다들 먹고살기 바빠서 들어주지 않는다. 한번은 먹고사는 게 너무 힘들어서 죽으려고 한 적도 있다. 겨우 버텨냈더니 지금 또 먹기나 한다. 내가 살아온 건지 내가 눈 똥들이 살아온 건지, 분간하기 어렵다.

어느 높은 벼슬아치가 물었다.
"스님께서는 수행을 하십니까?"
"제가 만약 수행한다면 큰일 나지요."
"스님께서 수행하지 않으시면서 누구더러 수행하라 하십니까?"
"대부大夫야말로 수행하는 사람 아닙니까?"
"저 같은 사람이 어찌 수행한다 하겠습니까?"
"당신이 만약 수행하지 않는다면 어찌 인왕人王의 자리에 있을 수 있겠소. 굶주림에 허덕이며 꽁꽁 얼어붙은 신세에서 풀려나올 기약이 없을 것이오."

    세상살이의 고통도 세상살이의 근본도 밥벌이에 있다. 끊임없이 벌거나 벌어놓았어야만 생존할 수 있다. 벌지 않으면 굶어 죽고, 계속 벌지 않으면 찬밥 신세가 되어 얼어 죽는다. 먹고 살려면 나를 낮추어야 하고 마음을 비워야만 거기에 밥이 담긴다. 이보다 확실한 고행도, 이보다 건실한 인욕忍辱도 없다. 그러니 밥벌이만 잘 해도 깨달을 수 있다. 시장경제는 시장의 더러움과 시끄러움 속에서 성장한다. 더 좋은 밥벌이는 더 강한 밥벌이를 요구한다. 만인이 우러러보는 인왕人王은 대개 인내의 왕이다. 밥벌이에 도가 튼 자들이다.

잔혹한 출근

출근은 출가가 아니어서 늘 뻔하고 뻔뻔하다. 제집으로 다시 돌아오기 위한 출근이고 그 집으로 제 몫을 가져오기 위한 출근이다. 제집을 짊어진 자들의 노동은 귀천貴賤과 난이難易를 막론하고 끝내는 출역出役이다. 스스로 만든 감옥에 갇혀 있으면서, 자꾸 전진하려고 한다. 쇠창살 하나 더 끼우자고, 그토록 땀 흘리고 다툰다.

또 다른 고위공직자가 물었다.
"큰스님도 지옥에 들어갑니까?"
"내가 맨 먼저 들어가지."
"큰스님인데 어찌 지옥에 들어갑니까?"
"내가 들어가지 않는다면 어찌 그대를 만날 수 있겠는가?"

그러니 출근이 마치 출가라도 되는 양, 무거운 발걸음으로 출근하지 말자. 무슨 대단한 고행이라도 하는 것처럼 인상 쓰지 말자. 명상하는 것도 아닌데 한숨 쉬지 말자. 내가 해야 할 일을 남에게 미루지 말자. 모두를 위한 일이라면서 등 떠밀지 말자. 그들이 나의 지옥이듯, 나도 그들의 밥벌이에 방해가 되는 자일 뿐이니까.

인생의 진정한 의미는,
의미를 알아야 할 필요가 없는 것에 있다

무의미한 인생이란 없다. 다들 무슨 일이든 해왔으며 무슨 일이든 견뎌왔다. 어떻게든 살아가고 있다면, 그것만으로도 충분히 살아볼 만한 가치가 있는 것이다. 그리고 모든 지혜는 자유를 위해 일할 때 가장 빛난다. 인생의 진정한 의미는 진정한 의미를 아는 것이 아니라, 더 이상 진정한 의미를 알아야 할 필요가 없는 것에 있다.

"일을 다 마친 사람의 경지는 어떠합니까?"
"다 마친 사람만이 안다."

에베레스트를 등정한 사람의 기쁨은 에베레스트를 등정한 사람만이 안다. 사법고시에 합격한 사람의 기쁨은 사법고시에 합격한 사람만이 안다. 결국 나는, 그걸 알아야 할 이유가 없다. 다만 내게도 마쳐야 할 일은 있다. 내가 해낸 일의 기쁨은 오직 나만 알 수 있다.

물론 도道는 앎이 아니라 삶의 영역에 있다. 무언가를 안다는 것은, 거기까지만 안다는 것일 뿐이다. 그것밖에는 모른다는 것이다. 끝까지 다 살아보아야만 삶이 무엇이었는지 알 수 있는 것이다. 자살만 하지 않아도, 크게 공부하는 것이다.

괴로움의 세금

대한민국에서 재산세는 7월과 9월, 1년에 두 번 낸다. 국민의 의무를 다 하기 위해 열심히 회사 다니며 세금을 낸다. 알바도 하면서 목숨을 깎아간다. 국민으로서 버림받기 싫어서 한 번도 마감을 어긴 적이 없다. 그렇게 아침저녁으로 쉬지 않았더니, 두 번 이용당한다. 괴롭혀서 괴로워하고, 괴롭다면서 괴로워하고.

"아침저녁으로 쉬지 않습니다."
"세금을 두 번 내는구나."

가진 재산이 집 한 채 정도인 사람은 알 수 있다. 인생은 납세라는 걸. 세貰가 나오는 것도 아닌데 세稅를 내야 한다. 살아있다는 이유만으로 뜯겨야 한다. 죽음은 저승사자이고 세금은 돈처럼 생긴 저승사자다. 나는 성실납세자다. 그래도 한 번만 냈으면 좋겠다. 누가 괴롭히면 그때만 괴로워한다. 중복납세는 사절.

수행修行이 먼저인가, 수행遂行이 먼저인가

조사선祖師禪의 특징 가운데 하나가 '무수無修'다. 글자 그대로 수행하지 말라는 것이다. 기존의 불교는 '점수漸修'가 지배했다. 꾸준히 수행하면 '점점' 부처가 될 수 있다는 믿음으로, 따로 시간을 내고 따로 공간을 사서 수행했다. 그런데 당시에 이럴 수 있는 사람들은 고관대작들뿐이었다. 아울러 점수를 강조하는 종파들은 귀족들에게서 경제적 지원과 정치적 비호를 받았다.

반면 맨땅에서 자라난 조사선은 좌선만 하고 앉아 있을 만큼 여유가 없었다. 선승들은 교단의 독립과 자급自給을 위해 부지런히 농사를 짓고 땔나무를 팔았다. 수행자라기보다는 노동자였다. 따로 수행을 하지 않고 삶의 순간순간마다 삶에 대해 물었다. 그리고 일반 백성들은 쉬지 않고 일하는 그들의 모습에서 존경심과 동질감을 느꼈다.

"제대로 수행하는 사람도 귀신에게 들킵니까?"
"들킨다."
"허물이 어디에 있습니까?"
"구하고 찾는 데에 있다."
"그렇다면 수행을 하지 않겠습니다."
"수행하여라."

수행은 대개 자신이 불행하다거나 잘못 살고 있다는 문제의식에서 출발한다. 하지만 어쩌다 태어나 어떻게든 사는 것이 삶의 본질이라면, 삶이란 그저 살아있다는 것만으로 완전무결하다. 나를 굳이 변화시킬 필요도, 남을 애써 용서할 필요도 없다. 내가 불행하다는 것도 착각이요, 잘못 살고 있다는 것도 오해이기 때문이다. 진정한 자아를 찾겠다는 헛수고만 안 해도 인생에 허물이 덜 남는다. '참나'가 되겠다는 건 귀신이 되겠다는 것이다.

다만 '수행修行'은 하지 않더라도 '수행遂行'은 해야 한다. 기도를 하든 참선을 하든, 일하고 나서 해야 한다. 업무를 이행해야 돈이 생기고 과제를 처리해야만 한숨이라도 돌린다. 구하고 찾지 않으면 깨달을 수는 있겠지만 생존할 수가 없다. 곧 살아서는 수행遂行하지 않을 수 없고, 주어진 하루하루를 제법 그럴싸하게 수행해내는 것도 수행修行이 될 수 있다.

9

그냥 사는 것이
가장 나답게 사는 것이다

해양생물 불가사리의 어원은 불가살이不可殺伊다. 죽일 수 없다는 뜻이다. 다리가 잘려나가도 원래대로 복원된다. 해삼은 스스로 내장을 빼놓은 채 도 망가기도 한다. 어차피 다시 만들어지기 때문이다. 재생 능력에 있어서 발군은 플라나리아다. 무려 128등분을 했는데도 각각의 조각이 또 다른 개체로 살아났다는 기록이 있다. 바닷가재는 끊임없는 탈피를 통해 성장한다. 나이를 먹으면 먹을수록 힘이 세지고 임신 능력이 향상되며 껍질이 더 단단해진다. 늙어갈수록 더 건강해지는 것이다. 그러다 어느 순간에는 껍질이 너무 무거워져서 탈피를 할 수 없게 돼 사망한다. 바닷가재의 천적은 자기 자신인 셈이다. 사람이 자기다움을 지키려다가 끝내 자기에게 깔려 죽는 것처럼. 불가사리나 해삼이나 플라나리아도 영생한다고는 말할 수 없다. 사람이 불살라버리거나 갈아버리면 된다.

049

마음의 하방경직성

'하방경직성下方硬直性'은 경제용어다. 시장에서 어떤 물건에 대한 수요가 적어지면 그 가격이 내려가야 하는데, 웬일인지 좀처럼 내려가지 않는 경우를 가리킨다. 예컨대 부동산 경기가 나빠지면 집값은 하락하게 마련이다. 그러나 어떤 집들은 가격을 일정하게 유지하고, 떨어지더라도 덜 떨어진다. 일견 경제법칙을 벗어나는 현상인데, 이는 사람이 단지 돈만을 위해 사는 것은 아니기 때문이다. 돈으로 값을 매길 수 없는 명예나, 물물교환조차 불가능한 자식을 위해서도 산다.

그래서 으레 학군과 교통이 좋은 집의 하방경직성이 상대적으로 뛰어나다. 자고로 부동산은 입지立地가 좋아야 현재가 좋고 미래도 빛나는 법이다. 특히 부촌富村이란 평판을 확보한 집의 하방경직성이 결정적으로 뛰어나다. 강남이 살기 좋아서라기보다 강남에 산다는 말을 듣고 싶어서 강남에 사는 것임을, 집 사고 싶은 사람이라면 다 안다. 사람에게 집이란 단순히 거주가 아니라 과시의 수단이기 때문이다. 조금 싸진 집 앞에선 눈이 뒤집히지만, 너무 싼 집은 거들떠도 안 보는 게 인지상정이다.

"신령스러움이란 무엇입니까?"
"깨끗한 땅 위에 똥 한 무더기를 싸놓는 것이다."

무소유를 지킨 조주는 집값이 필요 없었고 강남이 필요 없었다. 그래서 집이 아니라 삶의 하방경직성을 들여다봤다. 삶의 가치를 스스로 폭락시킴으로써, 살다가 무너지게 되더라도 정신적 타격을 최소화할 수 있었다. 마음을 일찌감치 그 수준으로 무너뜨려 놓은 덕분이다. 삶의 의미가 똥이고 삶의 성공이 더 잘 싸놓은 똥이라면, 삶이란 죽음에서 삐져나온 돌부리일 뿐이다. 우리가 결국 실패하는 이유는 결코 실패하려 들지 않기 때문이다. 삶이 너무 비싸게 굴면, 방치하고 무시해야만 똥값이 된다.

050
즐거운 가난

"작년 가난은 가난이 아니었고 올해 가난이 진짜 가난"이라면서 "작년엔 바늘 꽂을 땅이라도 있었는데 올해는 바늘마저 없다"고 절망하는 선시禪詩가 있다. 얼핏 갈수록 가난해지는 슬픔을 노래하는 것 같지만, 사실은 갈수록 자유로워지는 기쁨을 노래하고 있다고 해석되는 작품이다. 여기서 가난은 상실이 아니라 해탈의 은유다.

바늘 꽂을 땅이라도 있으면 반드시 바늘이 갖고 싶어지게 마련이다. 바늘 꽂을 땅이라도 남아있으니까, 겨우 바늘이나 꽂을 땅인데도 몹시 아까워한다. 남이 나보다 굵은 바늘을 가졌다는 사실을 증오한다. 그래 봐야 고작 바늘일 뿐인데도 말이다. 내게는 너무 소중한 바늘이라면서, 자기 가슴이나 찌르고 있다.

"가난한 사람에게 무얼 주시겠습니까?"
"그는 조금도 가난하지 않다."
"스님께 구걸하고 있지 않습니까?"
"다만 가난을 지킬 뿐이다."

가지면 가질수록 부족한 것이 사람의 마음이다. 하지만 또 어떻게 생각하면, 부족하다는 건 얼마간의 재산은 있다는 뜻이다. 엄밀히 말하면, 가져서 불행한 것이 아니라 더 갖고 싶으니까 불행한 것이다. 곧 어느 정도는 가져야 한다. 소유가 악덕은 아니다. 지킬 수 있는 가난이 있다는 것만으로도 행복한 가난이고 해볼 만한 가난이다.

비교하거나 자책하려고만 않으면, 가난은 나름대로 의미 있는 가난이고 불운했지만 성실한 가난이었음을 알 수 있다. 그 묵직한 가난을 움켜쥐고 있다 보면, 삶에 눈을 뜨기도 한다. 한편으론 가난하기도 하고 실패도 자주 해봐야, 삶이 본디 상종할 만한 존재가 아니라는 것을 몸서리치면서 깨달을 수 있다. 삶에 집착하지 않으려면, 삶이 어느 정도는 고통스러워야 한다.

비로자나불의 스폰서

부장님보다 사장님이 높고 사장님보다 회장님이 높고 회장님보다 부처님이 높다. 부장님에게 잘 보이면 나중에 부장님만큼 올라갈 수 있고, 사장님에게 잘 보이면 부장님보다 더 높이 올라갈 수 있다. 회장님에게 잘 보이면 회장님의 행복을 내려받을 수 있고, 부처님에게 잘 보이면 부처님의 떡고물이 떨어질 수 있다.

"무엇이 비로자나불毘盧遮那佛의 스승입니까?"
"악담하지 마라."

비로자나불은 우주를 다스린다는 최고의 부처님이고 영원한 부처님이다. 비로자나불을 더 세세하게 알 필요는 없다. 여기까지만 알아도 우주의 행복을 떨궈주기를 비는 데에는 문제가 없으니까. 우주의 행복으로도 성이 안 찬다면, 그때는 비로자나불의 스승을 부르면 된다. 비로자나불의 할아버지나 비로자나불의 스폰서도 괜찮다. 목이 부러질 순 있다.

할 수 있다면 행복이다

밥 먹고 잠 자고 똥 누는 것을, '밥을 먹는 일' '잠을 자는 일' '똥을 누는 일'이라고 표현하지는 않는다. 그냥 밥 먹고 잠 자고 똥 눈다. 그러나 실의에 빠져 식욕을 잃으면 꾸역꾸역 입 안에 밥을 집어넣게 된다. 불면증에 걸리면 잠을 자는 것도 일이요, 변비에 걸리면 똥을 누는 것도 일이다.

"무엇이 '함'이 없는 것입니까?"
"그것은 '함'이 있는 것이다."

알고 보면, 그냥 하는 일이 가장 중요한 일이다. 그냥 하는 일이 가장 재미있는 일이다. 그냥 하는 일이 가장 잘 할 수 있는 일이다. 잘 하려고 할수록 잘 되지 않는다. 큰 꿈을 꿀수록 꿈자리가 사납게 마련이다. 내가 자고 싶은 만큼 자는 게 적정 수면 시간이다. 그냥 사는 것이 가장 나답게 사는 것이다.

무좀이 법문이다

흔상염하欣上厭下. 위를 좋아하고 아래를 싫어하는 것이 중생의 본능이다. 그래서 올라가려 하고, 남의 발을 밟고서라도 올라가려 한다. 높은 자리를 탐내고 낮은 자리를 못 견뎌 한다. 키가 크면 좋아하고 키가 작으면 싫어한다. 그런데 흔상염하의 마음으로 도를 닦는 것은 예로부터 외도선外道禪이라 비판받아 왔다. 위를 좋아하고 아래를 싫어하는 것은 누구나 할 수 있기 때문이다.

"무엇이 비로자나부처님 이마 위의 향상사向上事입니까?"
"나는 너의 발밑에 있다."
"어찌하여 제 발밑에 계십니까?"
"너는 향상사가 어디에 있는지 모르는구나."

성공했을 때보다 몰락했을 때의 처신이 그 사람의 됨됨이를 말해준다. 만사가 술술 잘 풀릴 때보다는 뜻대로 되지 않을 때 인생에서 깨닫는 것이 많다. 모두가 선호하는 것은 아무나 가질 수 있다는 것이다. 반면 아무도 거들떠보지 않는 것은 누구도 범접할 수 없다는 것이다. 그러니 부처님은 발밑에 있다. 밑바닥보다 더한 곳일수록 그 깊이가 더하다. 무좀이 법문이다. 시든 꽃일수록 향기가 짙다.

진정성은 순수성이 아니라 현실성

순수하다는 것은 폭력적인 것이다. 차별과 내분의 땅에는 반드시 순혈주의가 있다. 순결하다는 것은 언제 잃을까 불안하다는 것이다. 욕심을 완전히 내려놓으면, 보살도 되지만 거지도 된다. 어설프게 욕심을 내려놓으면, 욕심을 내려놓았다는 생각으로 바닥이 어질러진다.

> "실오라기 하나 걸치지 않았을 때는 어떻습니까?"
> "무엇을 걸치지 않았다는 것이냐?"
> "실오라기 하나 걸치지 않았습니다."
> "정말 훌륭하도다! 실오라기 하나 걸치지 않았구나."

실오라기 하나 걸치지 않으면 순정한가. 내장 속에서 부글거리는 똥은 어쩌지 못한다. '바바리맨'은 천국이 아니라 경찰서로 간다. 곧 진정성이란 순수성이 아니라 현실성에 있다. 티 없이 맑은 모습이 아니라 있는 그대로의 모습이 답이다. 쓸데없이 옷 벗지 말고 아무거나 입을 일이다.

10

달마가 어디로 가든
나도 어디로든 간다

노화의 비밀은 텔로미어Telomere에 있다. 염색체의 끝에 달라붙어 세포를 보호하는 입자다. 세포가 재생되는 횟수가 많아질수록, 곧 나이가 들수록 텔로미어의 길이도 짧아진다. 죽음에 가까워지는 것이다. 어느 과학자는 텔로미어를 신발 끈의 끝에 달린 플라스틱 대롱에 비유한다. 대롱이 닳아 없어지면 신발 끈도 풀어 헤쳐지게 마련이다. 텔로미어의 실체를 밝히고 그 점감漸減을 막아, 생명연장 나아가 불사不死를 이루겠다는 것이 요즘 의학계의 화두다. 물론 의료적 도움을 받지 않아도 텔로미어는 더 오래 살 수 있다. 돌연변이가 일어나면 텔로미어가 계속 자라날 수도 있는데 그게 바로 암癌이다. 죽지 않으려면 정말로 죽지 않을 수도 있는 것이다. 다만 그 주체가 내가 아닐 뿐이다.

먼지처럼 살아보기

불교에서 말하는 연기緣起는 세상만사가 이중적이고 양면적이라는 뜻이다. 이것이 일어나면 저것이 일어나고, 선善이 생기면 반드시 그만큼의 악惡이 생겨난다. 이것이 사라지면 저것이 사라지고, 먼지가 사라지면 숲이 사라진다. 먼지가 흙을 만들어내기 때문이다. 지구란 알고 보면 먼지의 뭉침이다.

"먼지를 털어버리면 부처를 볼 수 있습니까?"

"먼지를 털 수는 있으나 부처를 본다는 건 어림도 없다."

먼지를 털어내면 깨끗해진다. 그러나 먼지가 완전히 사라지면 지구가 사라진다. 부처를 볼 수 없을뿐더러, 부처를 보아주고 섬겨줄 인류 자체가 멸망한다. 그래서 먼지는 아무리 닦아내더라도 먼지는 계속 쌓인다. 지구를 살리려고, 그 푸대접을 받아도 기어이 생겨나 버티는 것이다. 뽀얗게 쌓인 먼지 더럽다 말자. 우주의 호흡이다.

부처도 아니면서

오직 부처만이
무엇이 부처이고
무엇이 아닌지
판단할 수 있다.

"무엇이 부처입니까?"
"너는 부처냐?"

부처도 아니면서
판단하고 있었다.
내가 뭐라고.
저게 뭐라고.

물어보지 말고 묻어라

으레 '내 마음'이라고 표현하지만, 잘못된 표현이다. 본래 내 마음이라는 게 따로 있지 않다. 모든 생명은 죽음과 폭력을 두려워한다. 이익을 좋아하고 손해를 싫어한다. 이처럼 천하에는 하나의 공통된 마음이 있을 뿐이다. 그리고 그 마음의 극히 작은 일부가 내 몸속에 스며들었을 뿐이다. 그래도 굳이 내 마음이란 게 따로 있다면, 남의 마음을 물어뜯어 와야만 그럴 수 있다.

"무엇이 부처이며 무엇이 중생입니까?"
"중생 그대로가 부처이며, 부처 그대로가 중생이다."
"둘 가운데 어느 것이 중생입니까?"
"묻고 또 묻는구나."

내가 슬픈 이유는 남들도 슬프기 때문이다. 모두의 마음은 하나같이 똑같다. 똑같아서 하나같이 싸운다. 결국 싸우지 않으려면 똑같지가 않아야 한다. 내 마음이 남의 마음보다 조금이라도 낮아져야만, 물이 흘러내리듯이 갈등이 해결된다. 시답잖고 어수룩해져야만, 그만큼이라도 부처가 된다. 삶의 의미는 물어서 나오는 게 아니다. 일단은 묻어두고, 나아가거나 다가가야만 나온다.

낡은 거울에 대한 믿음

인과因果는 불교의 철칙이다. 인과를 믿지 않으면 무슨 말을 하더라도 불교가 아니며 깨달음은커녕 천벌이나 받는다. 정확하게 내가 한 만큼만 받게 되어 있다. 한 치의 오차도 요행도 없다. 금생今生도 전생前生의 연속이다. '어떻게 될까'를 알고 싶으면 '어떻게 살았나'만 보면 된다. 미래는 과거에 이미 결판이 나 있다.

세상일은 마냥 우연과 야바위인 듯 보인다. 그러나 그렇게만 보니까 모든 일이 헛일이다. 우연처럼 보이는 것일 뿐이고 야바위에 대한 대가를 반드시 치러야 한다. 과보는 무조건 오는 것인데, 가끔은 늦게 오니까 안 올 거라고 방심하다가, 곱절로 떠안는다. 윤회는 이처럼 시간이 아니라 행위의 산물이다. 삶은 맨입으로 흘러가지 않으며, 견뎌내야만 흘러간다.

"옛 거울은 닦지 않아도 비칩니까?"
"전생은 인因이고 금생은 과果다."

인과를 믿을 수 없는 세상이다. 하지만 달리 믿을 것도 없는 세상이다. 그러니 '옛 거울'이나 부지런히 닦기로 한다. 내 안에 있는 부처의 마음을 뜻한다. 무엇보다 새 거울조차 그냥 놔두면 더러워지는 법이니, 낡은 거울은 더 말할 나위가 없다. 이렇게 환생한 걸 보면, 전생은 이보다 더했을 것이다. 반품하려다 지쳐서 수리하려는 얼굴이 고경古鏡에 비친다.

내 마음만이 내 몸을 버텨준다

남들이 잘 살건 못 살건, 그건 내 소관이 아니다. 질투해도 소용 없고 억울해해 봐야 역전되지 않는다. 내가 관리할 수 있고 성장 시킬 수 있는 건 오직 나 자신의 삶뿐이다. 아무도 내 편이 되어 주지 않는다면, 나라도 내 얘기를 들어주어야 한다.

그러라고 귀가 달렸고 혓바닥은 내 입속에 있다. 오늘도 내 가 나를 안아주려고, 나는 우두커니 서 있다. 나는 소중하다. 무 조건 소중하다. 소중할 게 없어도 소중하다. 특별한 목적이 있어 태어난 것이 아니듯, 나를 사랑해야 하는 일에도 이유는 없다.

> 금으로 만든 부처님은 용광로를 건너지 못하고,
> 나무로 만든 부처님은 불을 건너지 못하고,
> 진흙으로 만든 부처님은 물을 건너지 못한다.
> 참된 부처님은 내면에 있다.

금으로 만든 부처님은 부처님이지만 원래는 금덩이일 뿐이 다. 나무로 만든 부처님도 부처님이지만 알맹이는 나무토막일 뿐이다. 진흙으로 만든 부처님도 부처님이지만 똥에도 얼굴은 그릴 수 있다. 내가 부처님이라고 봐주어야만 그때나 잠시 부처 님이다.

이런저런 부처님들이 곤경을 치를 때, 모기는 살충제를 건너지 못한다. 물고기는 맨땅을 건너지 못하고 부장님은 사장님을 건너지 못한다. 다만 참된 부처님이 마음 안에 들어앉아 있다. 내 마음만이 내 몸을 지탱할 수 있다. 버틴다는 것만으로도 나는 부처님이다.

달마가 동쪽으로 가든 말든

달마가 동쪽으로 온 까닭은,
그가 서쪽에서 왔기 때문이다.

그게 다다.

달마가 좋다고 따라가다 보면
극동極東에 나의 시체가 있다.

달마가 어디로 가든
나도 어디로든 간다.

"무엇이 조사가 서쪽에서 오신 뜻입니까?"
"외양간에서 소를 잃었구나."

동쪽은 서쪽의 여행이고
잘못 간 길에도 꽃은 핀다.

소 잃고 외양간을 고치면,
지친 소가 반드시 돌아온다.

Chapter 4

나는 어제 개운하게
참 잘 죽었다

11

일상성은 성실성이다

'욕을 많이 먹으면 오래 산다'는 항설巷說이 있다. 착한 사람이 요절하고 악한 사람이 장수할 때, 그런 류類의 모순을 탄식하며 내뱉는 말이다. 유래는 '수즉다욕壽則多辱'의 고사에서 찾을 수 있다. 《장자莊子》의 〈천지天地〉편에 나온다. 요堯 임금은 "아들이 많으면 그중엔 꼭 못된 아들이 있고, 부자가 되면 반드시 번거롭게 되고, 오래 살면 욕된 일도 많아지는 법"이라며, 다남多男과 치부致富와 만강萬康을 아첨하는 신하에게 이렇게 말했다. 결국 '욕을 많이 먹으면 오래 산다'는 말은, 세월이 흐르면서 '오래 살면 욕된 일도 많아진다'는 수즉다욕의 순서가 뒤바뀐 것으로 보인다. 나이 든 악인惡人들의 왜곡일 수도 있다. 어쨌거나 남보다 오래 사는 일은 확률적으로 남보다 더 많은 욕을 먹는 일이다. '말'로서의 욕이든 '일'로서의 욕이든. 지나간 시간은 사라지지 않고, 굽어가는 등짝 위에 쌓인다.

밥그릇이 작다고
숟가락을 부러뜨리지는 말자

국내에서만 해마다 평균 30만 명이 새로 출생한다. 그 시간에 30
만 명이 또 사망한다. 이처럼 지천으로 널렸다가 무더기로 사라
지는 게 삶이다. 그러니 잘 살아야 한다지만, 나까지 꼭 그렇게
살아야 할 필요는 없어 보인다. 혼자만 특별하고 소중하기엔, 너
무 많은 사람들이 태어난다. 혼자만 괴롭고 외롭기엔, 너무 많은
사람들이 죽어나간다.

  "이 일은 어떻게 해야 합니까?"
  "이상한 놈이구나."

  나도 모르게 왔다가 나도 모르게 가는 것이 삶이다. 그러니
삶이 무엇인지는 모를 수밖에 없는게 당연하다. 세월이 속절없
이 흘러가는 이유는 내게 고민하지 말라고 말해주기 위해서다.
나의 편의와 재주에 맞게 잘 쓰다가, 죽음에게 반납하고 떠나면
그만이다. 어쨌든 벼락처럼 주어져 있는 삶을, 나름대로 반짝거
리면서 살면 더 이상의 삶은 없다.
  어떻게 살아야 하냐면 그냥 살면 된다. 삶의 모든 길은 저승
길로 통한다. 누구에게나 옳은 길이란 그것뿐이다. 오직 내가 걸
어온 길만이 내가 한 번 더 믿을 수 있는 길이다. 내가 하는 일이

대단치 않아도, 내가 하는 일만이 나를 먹여살릴 수 있다. 밥그릇이 작다고 숟가락을 부러뜨리는 이상한 놈이 되지는 않기로 한다. 지금 이대로의 삶만이, 나를 버텨내준다.

108염주의 저주

사람이 겪는 잡다한 스트레스를 흔히 백팔번뇌라고 한다. 얼핏 '불교에서는 슬픔, 절망, 우울 등등등 해서 인간의 번뇌를 108가지로 보는구나…'라고 이해하기 쉽다. 하지만 백팔번뇌는 철학적이라기보다는 수학적인 개념이다. 곱셈 형식으로 '6×3×2×3=108'의 얼개다. 일정한 규칙과 수열數列 속에서 번뇌가 어떻게 증량되는지를 보여준다.

먼저 '눈·귀·코·혀·몸·뇌'라는 여섯 가지 감각기관 육근六根이 각각 '모양·소리·냄새·입맛·감촉·세계'라는 여섯 가지 감각대상 육경六境과 만나면, 여섯 가지 감각의 덩어리인 육식六識이 생겨난다. 아울러 육식은 번식한다. ① 좋거나 ② 싫거나 ③ 좋지도 싫지도 않거나 하는 세 가지 인식을 유발한다. 이렇게 6×3=18번뇌가 만들어진다. 육식은 특근도 한다.

① 좋아서 즐겁거나 ② 싫어서 괴롭거나 ③ 좋지도 싫지도 않아서 즐겁지도 괴롭지도 않은 상태를 추가로 생산한다. 이렇게 또 다른 18번뇌가 만들어진다. 더불어 우리는 과거와 현재와 미래라는 '삼세三世'를 돌고 돈다. 이와 같이 18+18=36번뇌에 3을 곱해 최종적으로 108번뇌가 완성되는 것이다. 한편 ③번에서 보듯, '심심함'도 불교에선 번뇌로 보는 셈이다.

"스님은 연세가 얼마나 되셨습니까?"

"염주 한 꿰미로도 다 셀 수가 없다."

염주 한 꿰미는 108개의 알로 구성된다. "나이를 염주 한 꿰미로도 다 셀 수 없다"는 조주의 말은 그 자신의 나이가 이미 108세가 넘었음을 의미한다. 서기 778년에 태어나 897년에 죽은 조주는 한국 나이로 무려 120세를 살았다. 믿기 어려우나 기록은 확실하다. 1갑자甲子는 60일이다. "그 날짜 수가 700갑자에 해당한다. (《조주록趙州錄》)"

백팔번뇌의 공식을 살펴보면, 백팔번뇌의 시작은 육근임을 알 수 있다. 그리고 죽는 그날까지 보고 듣고 맡고 맛보고 손대고 생각하다가 죽는 것이 인생이요, 그러는 족족 번뇌해야 하는 것이 인생이다. 더구나 과거에도 그랬고 현재에도 그렇고 미래에도 그럴 것이 인생이다. 결국 '살아있는 한 고통스러울 수밖에 없다'는 것이 백팔번뇌의 궁극적 교훈이다.

108염주는 백팔번뇌에서 아이디어를 얻은 발명품이다. 불자들은 108번뇌를 해소할 수 있다는 믿음으로 부지런히 염주를 굴린다. 하지만 절대다수는 108세가 되기 전에 백팔번뇌에 시달리다가 죽는다. 그렇다고 장수長壽가 반드시 행복이나 승리를 의미하지는 않는 것처럼 보인다. 남보다 오래 살았다는 건, 남보다 더 오래 고통받았다는 뜻이기도 하다.

'100세 시대'다. 그래서 100세까지 살지 못하면 왠지 손해를 보는 느낌이다. 하지만 늘어난 삶이란 억지로 늘린 고무줄에 불과할지도 모른다. 더 많은 병원비와 보험료를 갖다 바쳐야 하는 시간이고, 그러기 위해 더 많은 폐지를 주워야 하고 더 좁은 쪽방에서 지내야 하는 시간일 수도 있다. 나이가 들수록 온몸이 쑤신다. 이제는 제발 좀 끝내자는 몸부림이다.

그럼에도 무조건 오래 살고 봐야겠다는 심리는, 죽음이 상실이나 패배처럼 느껴지기 때문이다. 삶이 소유나 경쟁의 대상이 될수록, 인생은 목숨의 형태로 퇴화한다. 좀처럼 살아있지 못하고 살아남으려고만 한다. 삶의 끄트머리에만 혈안이 되다가, 끝내 변죽만 울리다 간다. 삶을 끌어안기보다는 죽음으로부터 끌어내려고만 한다. 지옥에 있으면서 좋아하고 있다.

삶의 의미는 삶의 기간에 달려있지 않다. 길게 살았든 짧게 살았든, 그 삶이 귀했든 기었든, 죽는 순간은 모두에게 똑같은 순간이다. 그 이전의 것들은 길든 짧든 다 잡아먹힌다. 삶의 길이는 간 데가 없고, 허망한 그 찰나만 남고 만다. 꽃의 아름다움은 오직 꽃의 처절한 피어남 속에만 있는 것인데, 사람은 굳이 그걸 찢어가며 꽃잎의 숫자나 세고 앉았다.

불면증을 치료하는 가장 확실한 방법

'다반사茶飯事'는 불교에서 파생된 용어다. 차 마시고 밥 먹는 일이라는 뜻이며 차 마시고 밥 먹는 일처럼 쉽고 흔한 일이라는 뜻이다. 이처럼 일상성을 대표하는 단어가 다반사. 매일 똑같이 반복되는 일상은 하찮고 진부하게 보인다. 그러나 거저 오는 것은 아무것도 없다. 장애를 입어 팔을 못 쓰게 되거나 일자리를 잃어 무일푼이 되면, 다반사는 졸지에 불가능으로 격상된다. 지겨움은 괴로움이지만, 자세히 보면 놀라움이다. 나의 꾸준한 희생과 양보와 피로와 포기가 전제돼야만 비로소 받을 수 있는 선물이다.

"깨달음을 이룬 사람은 무엇을 합니까?"
"정말로 큰 수행을 하지."
"스님께서도 수행을 하십니까?"
"응, 옷 입고 밥 먹는다."
"옷 입고 밥 먹는 것은 일상사인데, 수행이랄 게 있나요?"
"그럼 말해봐라. 내가 매일 무얼 하드냐?"

지금 무료하다면, 어느 정도 고생을 했기 때문에 그나마 무료할 수 있는 것이다. 스스로 의식하지 못할 뿐, 열심히 살아왔을 것이다. 필시 몸을 부지런히 놀렸거나 머리를 부지런히 굴렸을 것이다. 정 한 일이 없다고 생각된다면, 아마 숨이라도 힘껏 쉬었을 것이다. 내가 온전한 만큼이 일상성이요, 그리하여 내가 노력한 만큼이 일상성이다. 결국 일상성은 성실성이다. 일상의 평온을 해치는 불면증을 치료하는 가장 확실한 방법은, 정해진 시간에 자는 것이 아니다. 행여 늦게 자게 되더라도, 정해진 시간에 반드시 일어나는 것이다.

어금니 한 개의 괴력

《동의보감東醫寶鑑》은 인간의 최대 수명을 120세로 보고 있다. "사람의 타고난 수명은 본래 4만3200여 일"이라고 적혔다. 120 세까지 산 조주는 인간수명의 한계에 도달했다고 말할 수 있다. 1,200년 전의 인물이지만, 고금古今의 선사들 가운데 역대 최장수 기록을 여전히 보유하고 있다. 더구나 그의 시대는 의학과 위생의 부족, 허다한 전쟁과 열악한 방재防災로 평균수명이 마흔에서 간당간당하던 시대다. 가히 압도적인 명줄이다.

《동의보감》은 120세까지 생존할 수 있는 비결로 다음의 일곱 가지 방법을 권하고 있다. ①침을 자주 삼킬 것 ②어떤 음식이든 맛있게 먹을 것 ③기름기 많은 음식을 피할 것 ④애욕을 절제할 것 ⑤말을 적게 할 것 ⑥사색과 걱정을 적게 할 것 ⑦화를 내지 말 것. 건강은 무릇 정기精氣의 보존에 그 성패가 달려 있다고 한다. 실생활에서 가능한 7개의 원칙들은 모두 정기를 허비하지 않을 수 있는 긍정적 습관들이다.

다만 조주가 이 칠법七法을 얼마나 잘 지키고 살았는지는 알 수 없다. 특히 실제로 침을 자주 삼켰는지는 그를 직접 만난 적이 없으니 확인할 길이 없다. 다만 '어떤 음식이든 맛있게 먹을 것'이라거나 '기름기 많은 음식을 피할 것'이란 수칙은 실천했을 가능성이 높다. 다른 게 아니라 지독하게 가난했기 때문이다. 조주는 신도들에게서 일절 도움을 받지 않는 것으로 유명했다. 사찰에 후원 좀 해달라는 편지 한 통 쓰지 않았다.

《조주록》에 그 빈곤의 원형이 보인다. "궁한 살림에도 옛사람의 뜻을 본받아 승당에는 전가(前架, 법당 앞에 설치된 좌선 공간)나 후가(後架, 법당 뒤쪽에 설치하는 식당이나 세면장 등의 편의시설)도 없었고, 겨우 공양(供養, 끼니)을 마련해 먹을 정도였다." 정리하자면 먹을 것이 당최 없으니, 어떤 음식이든 맛있게 먹었을 것이다. 기름기 많은 음식은 구태여 피할 것도 없이, 구경도 못 했을 것이 확실한 생활환경이다.

④번부터 ⑦번까지 나머지 금제禁制들도 철저히 준수했으리라 짐작된다. 일단 도가 높은 큰스님이라면 기본적으로 애욕을 절제한다. 그래야만 큰스님 이전에 스님으로서 살아남는다. 조주는 분명히 말도 적게 했다.《조주록》에서 능히 확인할 수 있다. 도道에 대한 제자들의 질문에 조주의 답변은 거의 한두 마디쯤에서 그친다. 게다가 귀찮다는 듯이 툭툭 내뱉는 말투다. 말하기 싫은데 억지로 말한다는 인상이 강하다.

말이 많다는 건 한恨이 많다는 것이다. 인생이 괴로운 이유는 인생이 뜻대로 안 풀리기 때문이고, 걱정이 많은 이유는 도무지 뜻대로 안 풀리기 때문이다. 사색을 하는 까닭은 더 많이 갖고 싶어서 머리를 굴리는 것이고, 분노를 하는 까닭은 머리를 터뜨려서라도 더 많은 걸 갖고 싶어서 그러는 것이다. 그러나 될 일은 반드시 되고, 안 될 일은 안 돼야 맞는 것이다. 이러한 이치를 알면 자연스럽게 말수가 적어진다. 말을 아낀 힘으로, 하던 일이나 더 해본다.

"선사께서는 높으신 연세에 치아가 몇 개나 남았습니까?"

"어금니 한 개뿐입니다."

"그럼 음식은 어떻게 씹으시는지요."

"한 개뿐이지만 차근차근 씹지요."

무엇보다 조주는 걱정하고 화낼 만큼, 인생을 심각하거나 진지하게 여기지 않았다. '삶이란 게 원래 대단한 것이 아니며 그저 그때그때를 성의껏 살면 그게 바로 숭고한 삶'이라는 것을, 그는 굳이 말해야 할 때 이렇게 말했다. 장수를 예찬하지 않았으며 양생법에 대해서도 일언반구가 없다. 어마어마하게 오래 살았으나, 정작 오래 살고 싶어 한 흔적이나 속셈은 전혀 발견되지 않는다. 삶을 특별히 어쩌려고 하지를 않았다. 어차피 어떻게든 되니까.

태어난 김에 살아간다는 게 조주의 삶이다. 웬만하면 죽으려 않고 살아준다는 게 그의 생애의 전부다. 그저 자신에게 주어진 조건을 '차근차근' 밟아나가고 있다. 장수에 연연하지 않았던 것이, 오히려 장수의 비결이었다. 삶에 대한 그의 심드렁함은 한결같다. 결국 오래 살았다기보다는, 어쩌다 보니 오래 살아졌다는 게 맞다. 어쩌면 자신에 대한 무관심에 불쾌해진 삶이 그를 되레 놔주지 않은 것으로도 보인다. 조주에게 인생은, 스토커였다.

현재까지 공식적으로 기록된 최장수 인물은 잔 루이즈 칼망(Jeanne Louise Calment, 1875~1997)이란 이름의 프랑스 여인이다. 122년 164일을 버틴 그녀는, 21세부터 117세 때까지 흡연을 했다. 담배를 끊어서 좀 더 오래 산 것인지 아니면 담배를 오래 피워서 오래 산 것인지는 말할 수 없다. 인명재천人命在天이라고밖에는 할 말이 없다. 거북이의 기대수명은 아무리 대충 살아도 200살이다. 수명壽命은 운명運命이다.

　오래 산다는 것이 영원히 산다는 것은 아니어서, 기어이 삶에서 내쫓겨야 한다. 그래서 귀천을 막론하고 모든 목숨은 셋집이다. 그리고 세입자는 집을 고치지 않는다. 자기 것이 아니어서 자기 돈 들여 치장하지 않는다. 곧 목숨에 집착하는 일이란, 남의 집을 지켜주겠다고 애쓰는 꼴이다. 나의 목숨이 하늘에 달려 있다면, 나의 진짜 집은 하늘이다. 늙어서 죽은 자는 단지 운이 좋았을 뿐이다. 어려서 죽은 자는, 새집으로 이사 가는 자일 뿐이다.

삶이 부질없다는 거짓말

살면서 실수하지 않을 수 없고 후회하지 않을 수 없다. 가슴을
치거나 뉘우친다고 해서, 지나간 시간이 돌아와 주거나 용서해
주지는 않는다. 다만 되돌릴 순 없어도 다시 시작할 수는 있다.
인생은 짧지만, 충분히 살아볼 만큼은 넉넉하게 주어진다. 단지
넉넉하게 살지 않았을 뿐이다. 늙으면 으레 삶이 부질없다고 말
한다. 자기가 실컷 살아놓고는.

조주가 죽음에 이르게 되자 자신이 쓰던 불자拂子를 조
왕趙王에게 보냈다.
"이것은 제가 평생을 썼어도 다 못 쓴 것이외다."

'불자'는 먼지떨이다. 일반적인 총채처럼 생겼다. '마음의 먼
지떨이'라는 상징도 갖는다. 조주는 초超장수의 인간이었다. 무
려 120살까지 살았는데도 끝내 다 털어내지 못한 번뇌라며 아
쉬워하고 있다. 그러니 100살도 못 살 것이라면, 입 다물고 부지
런히 털어내기나 해야 한다. 부모는 아기에게 온갖 축복을 빌고
희망을 건다. 자기들도 별 수 없이 살아놓고는.

삶이 문제라면 사는 것만이 해답

짧다면 짧고 길다면 길게 살았다. 삶이 보인다면 보인다. 산다는 건 결국엔 사는 것이다. 살아있으니까 사는 것이고 살아지니까 사는 것이다. 다른 이유는 없고 달라야 할 이유도 없다. 장수를 하든 자살을 하든, 살아있을 때까지는 살아야 하는 것이다. 죽기 전까지는 살 수밖에 없다. 그러므로 죽기 전까지는 무조건 살 수 있는 것이다.

"무엇이 스님의 가풍家風입니까?"
"병풍이 찢어지긴 했으나 골격은 아직 남아있다."

어떻게든 살다 보면 살아있다. 그 어떤 행복과 불행이라도, 삶을 벗어나지 못한다. 이보다 좋을 수 없는 삶이라도 삶을 초월하지는 못한다. 이보다 나쁠 수 없는 삶이라도 삶을 없었던 것으로 하지는 못한다. 삶이 문제라면 사는 것만이 해답이다. 살아있는 것 말고는 특별한 방법이 없다. 삶이 참 많이도 찢어졌는데, 더 찢어져 줄 수 있다면서 삶이 남아 있다.

12

인생을 하루하루 다 잘 살 필요는 없다

바다거북은 바다에서 산다. 바다에서만 산다. 네 다리가 지느러미 형태로 진화해, 육지에서는 몸통만으로 체중을 버텨야 하기 때문이다. 뭍으로 나올 때는 거의 알을 낳을 때뿐이다. 알은 모래사장에서 낳는다. 한 번에 적으면 50개, 많으면 200개의 알을 낳는다. 알에서 태어난 새끼들은 바다로 간다. 대부분은 못 간다. 부화하는 날을 귀신같이 알고 미리 대기하고 있던 새들의 식사가 된다. 용케 바다로 들어가더라도 이번엔 상어의 식사가 되어주어야 한다. 사실 아직 알일 때부터 여우가 깨먹고 뱀이 삼키고 개미가 파먹는다. 결국 살아남는 새끼는 극소수다. 거북이의 기대수명이 200살이라고 하기엔, 너무 미안하다.

과거만 잊으면 부처다

업식業識의 사전적 의미는 '과거의 생각과 말과 행동이 일으키는 그릇된 마음 작용'이다. 쉽게 말하면 습관이고 편견이겠다. 사람은 평생 동안 생각하고 말하고 행동하며 산다. 그리고 과거의 생각과 말과 행동이 쌓여서 습관이 되고 편견이 된다. 사람은 자기의 '업식'대로 살고 자기가 살아온 대로 살게 마련이다. 그리하여 습관에 썩고 편견에 갇힌다. 자기만 그렇게 산 건데, 남들도 그렇게 산 줄 알고 삐치고 욕한다.

"개에게도 불성佛性이 있습니까?"

"없다."

"위로는 부처님에서 아래로는 개미까지 모두 불성이 있다던데 어찌 개에게만은 없습니까?"

"그에게 업식業識이 있기 때문이다."

업식에 머물러 있다는 건 과거를 기준으로 산다는 것이다. 과거에만 고착되어 있으면, 향후의 삶은 굳이 살아보지 않아도 빤하다. 과거가 좋지 않았다면, 뿌리부터 썩은 나무처럼 현재도 좋지 않다. 과거가 불안했으면 미래도 무조건 불안하다. 그렇다면 앞으로는 그렇게 살지 말아야 하는데, 본전이 아까워서 또 그렇게 산다. 본전이란 사실, 흘러가버린 헛것이거나 스스로 만든 감옥일 뿐인데도 말이다. 추억은 괴물이다.

　　과거는 지나간 모든 것이다. 그러나 지나간 것은 본질적으로 모든 것일 수가 없다. 말 그대로 지나가버렸기 때문이다. 시간은 쏜살과 같아서, '개 같은' 인생이라고 자책하는 순간 '개 같았던' 인생으로 밀려나고 마는 법이다. 하지만 '그땐 그랬다'고 또 그러니까, 또 개처럼 사는 것이다. 자신이 못나서가 아니라 업식 때문에 되는 일이 없는 것이다. 그러니 부처가 되겠다고 진리를 깨달을 것까지는 없다. 과거만 잊으면 부처다.

강물 위에서는 골프를 치지 못한다

삶은 실체가 아니라 흐름이다. 살아있다는 것은 본디 '살아가는' 것이어서, 끊임없이 흘러가고 무수하게 흘러간다. 추억이 아름다운 이유는, 다시는 나를 건드릴 수 없기 때문이다. 흘러가니까 끝내는 잊을 수 있고, 흘러가니까 또 기다릴 수 있다.

흐르는 물은 영원히 맑은 물이고, 강물 위에서는 골프를 치지 못한다. 흘러가지 않으면 썩고, 흘러가지 않은 만큼이 번뇌이고 부정부패다. 무심히 떠다니고 무정하게 떠나가는 시간이 바로 부처님이다. 기어이 흘러가주니까 기어코 버텨낼 수도 있다.

"갓난아기도 6식을 갖추고 있습니까?"
"급한 물살 위에서 공(球)을 친다."
"그게 무슨 뜻입니까?"
"한 순간도 흐름이 멈추지 않는다."

6식六識은 눈·귀·코·혀·몸·뇌 등의 여섯 가지 신체기관에 의해 만들어지는 지식을 의미한다. 그러므로 갓난아기는 죽더라도 죽음을 두려워하지는 않는다. 죽음에 대한 지식이 6식 안에 저장되어 있지 않기 때문이다. 죽음을 모르니, 죽음을 무서워할 수가 없다.

우리가 죽음을 싫어하는 이유는 죽음을 싫어하도록 교육받

왔기 때문이다. 우리의 삶이 괴로운 이유는 좋은 삶이란 게 따로 있다고 배웠기 때문이다. 알면 알수록 앓는다는 걸, 우리는 잘 모른다. 영아사망증후군은 슬프지만, 어떤 돌파구를 갖고 있다.

시간은 쳇바퀴이지만 놀이터이기도 하다

오늘 하루가 인생이다. 하루의 총합이 인생이며 인생의 집약은 하루다. 예컨대 하루를 끝마치면 잠을 자게 된다. 죽는 것이다. 지루한 하루가 있는 것처럼 인생은 지루하다. 운 좋은 하루가 있는 것처럼 인생은 요행이다. 하루 공칠 수도 있는 것처럼 인생은 공허한 것이다. 낮잠을 잘 수도 있는 것처럼 요절할 수도 있는 것이다. 잠을 도통 못 잘 수도 있는 것처럼 장수할 수도 있는 것이다. 낮잠에서 깨면 환생한 것이고, 늦잠을 자면 식물인간이 되어보는 것이다. 나는 어제 개운하게 참 잘 죽었다.

이렇듯 오늘 하루를 잘 살았으면, 잘 산 것이다. 또한 아무리 짧게 살았더라도 하루는 차곡차곡 쌓인다. 그런 날들이 쌓이면 인생은 충분히 의미와 즐거움이 있다. 결국 너무 조급해하거나 실망하지 않아도 된다. 실수해도 괜찮고 가끔은 망쳐도 괜찮다. 이미 많이 모아두었다. 인생을 하루하루 다 잘 살 필요는 없다.

"하루 24시간 어떻게 마음을 써야 합니까?"
"그대는 24시간의 부림을 받지만, 나는 24시간을 부리
면서 산다. 그대는 어느 시간을 묻는 것인가."

모두가 시간의 지배를 받으며 살아간다. 약속시간을 지켜야 하고 마감기한을 지켜야 한다. 지나간 시간을 그리워하고 아

직 오지 않은 시간을 두려워한다. 태어남에서 죽음까지, 시간이 허용한 시간까지를 살다가 무조건 내쳐져야 하는 게 우리들의 운명이다. 곧 시간의 부림을 받지 않으려면 시간으로부터 자유로워져야 한다. 예컨대 내가 싫어하는 일을 억지로 할 때 항상 시간은 모자라다. 내가 좋아하는 일을 즐겁게 할 때는 시간을 까맣게 잊는다.

반대로 시간과 잘 지내고 싶다면 시간을 소중히 대해야 한다. 시간을 사랑하려면 시간을 아껴야 한다. 시간을 만만하게 만들려면 시간을 잘게 쪼개서 쓸 줄 알아야 한다. 그렇게 작아진 시간은 함부로 나를 죽이지 못한다. 할 일을 미리미리 해두었더니 시간을 반갑게 맞이할 수 있다. 하고 싶은 일은 원 없이 다 해두었더니, 죽음이 다가오기는 해도 쫓아오지는 않는다. 한정된 시간은 쳇바퀴이지만, 놀이터이기도 하다.

봄날의 좀비

봄의 몸은 향긋하고 봉긋하다.
겨울을 먹어서 살이 토실토실하다.
그래서 겨울이 겨울에 복수를 한다.
여름과 가을도 조금씩 뜯어먹었다.
다시 살아난 봄은 좀비인데,
상처 하나 없이 깨끗하고 아름다운 좀비다.

"무엇이 진실한 사람의 몸입니까?"
"봄 여름 가을 겨울이다."

봄이 오면 여름이 오고 있다. 여름이 오면 가을이 오고 있다. 가을이 오면 겨울이 오고 있다. 겨울이 오면 봄이 오고 있다. 아무것도 붙잡을 수 없으나, 아무것도 아주 떠나가지는 않는다. 되돌아온 봄이 지하철 안에서 여름에 써야 할 것을 미리 팔고 있다. 가을은 정규직이 되었으면 생각하고 겨울은 터널을 만들고 있다. 지나치는 역마다 봄꽃들이 북적인다.

071
목숨은 쓴맛을 좋아한다

소년등과少年登科는 바람직하지 않다. 이른 나이에 크게 출세하면 오만해지게 마련이다, 그리고 반드시 주변의 미움을 사게 되어 있다. 미인박명美人薄命이기도 하다. 얼굴이 뛰어나든 재능이 뛰어나든, 그 인생은 필히 짧거나 모질다. 쓸모없는 나무가 산을 지키고 아름다운 꽃은 무조건 꺾이는 법이다. 그러므로 젊은 날의 삶이 초라하고 여의치 않다면 장수는 떼어 놓은 당상이다. 목숨이 질긴 이유는, 쓴맛을 유독 좋아하기 때문이다.

"무엇이 달마가 동쪽으로 온 뜻입니까?"
"앞니에 털이 돋았다."

'판치생모板齒生毛'는 유명한 화두인 동시에 난해한 화두다. '판치'는 앞니를 뜻한다. 달마는 앞니가 없었다고 한다. 있었다 해도 앞니에 털이 날 수는 없다. 다만 오랜 세월 입을 다물고 있다면, 그 썩음과 거름으로 언젠가는 앞니에 털이 날지도 모를 일이다. 절대로 있을 수 없는 일은, 아직은 모르는 일이라는 것이다. 절대로 있어선 안 되는 일은, 절대적으로 일어난다. 앞니에 털이 날 때까지는, 말하지 말아야 하는 게 인생이다.

새벽은 서서히 오고 묵묵히 온다. 기다리라는 것이다. 조금만 더 견뎌보라고 시원한 바람이 말없이 분다. 침묵한다는 것은 인내한다는 것이다. 끝내 참을 수 없는 것을 참아내는 것이 진정한 인내다. 도저히 말하지 않을 수 없는 것을 말하지 않는 것이 진정한 침묵이다. 도道는 말로 설명할 수 없다는 것이 도의 본질이다. 당장에 내뱉고 함부로 지껄일 수 있는 일 따위에, 차마 도를 넘겨줄 수는 없어서 그렇다.

072

히키코모리들의 타임머신

뿌리는 '돌아감'이 아니라 '나아감'이다. 눈에 보이지 않아서 그렇지 땅 속에서 발버둥을 친다. 한 치라도 더 가려고, 한 걸음이라도 더 나아지려고, 물기란 물기는 다 잡아먹고 힘이란 힘은 다 쏟아낸다. 단 한 번도 멈춘 적이 없고 망설인 적이 없다. 뿌리는 버팀이고 끊임없이 저질러야만 버틸 수 있다. 삶의 시작에는 울음이 있고 발악이 있다.

　　"무엇이 근본으로 돌아감입니까?"
　　"돌아가려 하면, 곧 어긋나버린다."

　근본으로 돌아가면, 모든 것을 알 수 있을 것만 같다. 모든 것이 해결되리라 믿는다. 그래서 지금이 엉망인 자들이 근본을 그리워한다. 앞으로가 겁나는 자들이 근본에 숨으려 한다. 그러나 그들의 근본이란 과거일 뿐이고 안전일 뿐이다. 근본에 도달하면, 근본이 좋아서 아예 근본 밖으로 나오려고 하지 않는다. 타임머신에는 히키코모리들만 타고 있다.

13

두꺼운 옷은 버겁지만,
그 버거움이 따뜻하게도 한다

노무현 전 대통령은 2009년 5월에 서거했다. 자살이었는데 자필 유서를 남기지 않아, 타살설이라거나 오랫동안 뒷말이 돌았다. 컴퓨터로 쓴 유언장은 깊고 절륜하다. 많은 사람들이 '너무 슬퍼하지 마라. 삶과 죽음이 모두 자연의 한 조각 아니겠는가?'라거나 '미안해하지 마라. 누구도 원망하지 마라. 운명이다.' 같은 구절에 감동한다. 다만 문학으로서의 핵심은 이것이지만, 부검으로서의 핵심은 다른 곳에 있다. '건강이 좋지 않아서 아무것도 할 수가 없다. 책을 읽을 수도 글을 쓸 수도 없다'는 글귀는 굳이 손으로 쓴 글씨가 아니어도 좋다. 우울증으로 생을 스스로 마감했다는 결정적인 증거다. 걸러보면 안다. 사실 '운명' 운운하는 구절 또한 문학적인 동시에 과학적이다. 우울증의 주요 증상은 극도의 자책감과 죄의식이다.

살아간다는 것은 죽어간다는 것이다

후회는 부끄러운 일이 아니다. 후회한다는 건 삶을 꾸준히 응시하고 있다는 것이다. 과거를 부지런히 복기해야만 미래에 덜 다칠 수 있다. 후회하지 않는 자는 현재에 만족하는 자가 아니라 현재를 아무 의미 없이 흘려보내는 자이다. 후회는 성찰이지 절망이 아니다. 인생의 모든 것을 후회할 수 있을 만큼, 나는 충분히 잘 살고 있다.

무엇보다 '후회後悔'의 전제는 '후'여서, '후' 없이는 '회'가 성립하지 못한다. 곧 내가 '회'하는 것이 아니라 '후'가 '회'하는 것이다. 결국 그 자체로 틀렸던 것이 아니라 시간이 흐르고 나니까 자연스럽게 틀리게 된 것일 뿐이다. 후회는 나의 악습이 아니라 시간의 본성임이 분명하다. 나는 이렇게, 후회에 용돈을 쥐어주며 멀리 떠나보낸다.

"무엇이 한 마디[一句일구]입니까?"
"뭐라고?"
"무엇이 한 마디냐고요."
"두 마디가 되었구나."

일구一句란 진리를 한마디로 축약한 것이다. 철학을 하거나 참선을 하는 이들은 그 일구를 얻으려고 그 먼 길을 떠나거나 목숨을 건다. 나도 마냥 헛산 것은 아니어서 내게도 '일구'가 있다. "살아간다는 것은 죽어간다는 것이다." 이 말만 중얼거리면 그렇게 뿌듯하고 가뿐하고 자유롭고 좋다. 마약 같은 거 안 해도 된다.

본디 삶이란 죽음으로 가는 여정에 지나지 않는다. 어떻게 살았어도 똑같고, 제아무리 살았어도 헛수고다. 그리하여 어떤 놈이더라도 참을 수 있고 어떤 상황이더라도 용서가 된다. 내가 처먹은 것이든 끝내 이루지 못한 것이든, 마지막에는 음식물쓰레기의 형태를 띤다. 설거지통 수챗구멍이 하느님처럼 보인다.

따지고 보면, 사는 게 힘드니까 일구를 구하거나 행복을 구하는 것이다. 하지만 내가 지금 힘들여 가면서 죽어가고 있는가. 내가 무엇을 하든 죽음은 계속 걸어오고, 어디에 있든 어디 한 군데 망가져가면서 죽어간다. 노력해서 죽는 것이 아니듯, 노력해서 살아야 할 필요도 없는 것이다.

죽음으로 가는 길은 외길이고 직진이어서, 어느 길로 가더라도 죽는다. 그러므로 행여 삶이 막다르더라도 내 잘못이 아니다. 다만 순순히 죽어가지 못한 만큼이 괴로움일 뿐이다. 반성하지 않아도 되고 후회하지 않아도 된다. 억지로 되돌리면 한 번 더 살아야 한다. 한 번만 죽어도 될 거, 두 번 죽는다.

살아간다는 것은 살아서 가는 것이지,
죽어서 가는 것이 아니다

선禪에서는 '일구절류一句截流'를 말한다. "일구로 번뇌를 잘라 버리라"는 뜻이다. '절류'라는 말에서 보듯, 번뇌는 급류다. 부정적인 생각의 흐름에 한번 휘감기면 걷잡을 수 없이 빨려 들어간다. 그런대로 흘러가던 삶이, 삶의 가장 낮은 곳으로 떠내려간다. 그러므로 '일구'는 칼이나 가위여야지, 또 어떤 생각이거나 또 다른 납덩이가 되어서는 안 된다. 행복해지고 싶다면, 지금 그 생각 안 하면 된다.

"무엇이 한마디입니까?"
"그 한마디만 붙들고 있으면 그대는 늙고 만다."

나는 끝내 게으르고 나약해서, 나의 일구에는 뚜렷한 한계가 있다. 죽을 걸 알면서도 꾸역꾸역 살아간다는 점에서 결정적인 한계이고, 막상 죽는다고 하면 덜컥 두려워한다는 점에서 치명적인 한계다. 내가 가진 일구란, 살만할 때나 일구요 몸이 멀쩡할 때나 일구인 반쪽짜리에 지나지 않았다. 어쩌면 사는 게 너무 겁이 나서, 여태까지 살 수 있었던 거다. 사랑한다면서 사랑해달라고만 했을 뿐, 단 한 번도 사랑만 한 적이 없다.
"살아간다는 것은 죽어간다는 것"이라면서, 죽어가기만 했다. 어차피 죽을 거라는 생각에, 삶을 죽음 안에 미리 가둬두고 말았다. 죽음이 두려워서 죽은 듯이 살았고, 죽음에 사로잡혀서 죽지 못해 살았다.

결국 죽음으로 영점이 기울어진 생각을 바로잡으려면, 죽음만큼이나 삶을 존중해야 한다. 일구를 버려야만 일구가 완성된다. 살아간다는 것은 그야말로 살아서 가는 것이지, 죽어서 가는 것이 아니다.

죽어가지 않는다는 것은
살아가지 않는다는 것이다

'진리란 무엇인가'라는 질문은 동서고금을 막론하고 숱하게 물어져왔다. 그런데 이상하게도 그 질문에 대한 해답은 다들 '한마디'라고 생각한다. 이유는 간단하다. 그렇게 딱 떨어지게 정리해줘야만 이해하기 쉽기 때문이다. 결국 진리란, 삶을 간편하게 휴대하고 싶고 손쉽게 즐기고 싶은 욕망을 위해 존재하거나 호객하는 것이다. 만약 누군가가 진리를 한 줄로 요약해 깔끔히 풀어내고 있다면, 그 사실만으로도 의심할 만하다.

인생은 한마디로 정리되지 않는다. 예컨대 나는 어제 힘들게만 산 것 같지만, 점심을 먹기도 했다. 삶은 그늘로만 뒤덮인 게 아니라 이렇게 다른 면모도 있는 것이다. 또한 어제 점심으로 무얼 먹었는지를 기억하기는 쉽다. 하지만 몇 년 전 어느 날 점심에 무얼 먹었는지는 기억할 수 없다. 곧 인간은 몇 개의 굵직한 기억만으로 삶의 의미를 규정하는 버릇을 갖고 있다. 그러나 지나온 날들을 거의 다 망각한 상태에서 내린 겉핥기식 판단이다.

이처럼 삶에 대한 기억은 삶의 일부에 지나지 않는다. 삶에 대한 생각은 삶의 전체를 반영하지 못한다. 사정이 이러하니, '삶이 이렇다 저렇다' 논하는 것은 '어제 내가 점심으로 먹은 음식은 이것이다'라고 얘기하는 것만큼이나 허망하고 민망하다.

설명할 수 있는 삶은 지껄이고 싶은 삶일 뿐이고, 눈앞에 보이는 삶은 눈요기나 되고 싶은 삶일 뿐이다. 어쩌면 기억 속에서 조용히 죽어간 것들 덕분에 나는 살아있을 수 있다.

"무엇이 조주의 일구입니까?"
"반 마디도 없다."
"스님께서 계시지 않습니까?"
"나는 한마디가 아니다."

어떤 명제가 참이면 그 대우對偶 명제도 참이다. 예컨대 '종이에 불이 붙으면 탄다'는 명제가 참이라면, '종이가 타지 않는다면 불이 붙지 않은 것이다'라는 대우 명제도 참이다. '살아간다는 것은 죽어간다는 것이다'의 대우 명제는 '죽어가지 않는다는 것은 살아가지 않는다는 것이다'이다. 그러니 알고 보면, 죽어가니까 살아갈 수 있는 것이다. 앞으로도 계속 무너지지 않는다면, 내 삶은 살아남기 어려울 것이다.

오줌물과 폭포수

누구나 자기가 원해서 태어난 것이 아니다. 그러므로 자신의 바람이나 의지와는 무관하거나 그 반대로 흘러가는 것이, 본디 정상적인 삶이다. 어디를 가더라도 시련은 있고 언제 태어나더라도 죽음은 그 시각에 있다. 그래서 인생이란, 세상이라는 좀 널찍한 감옥에 갇히는 일이다. 만약 하늘이 파랗다면, 파랗게 질릴 수도 있는 게 삶이라는 것이다.

> "만법이 하나로 돌아간다면 그 하나는 어디로 돌아갑니까(萬法歸一 一歸何處)?"
> "내가 청주에서 베옷 한 벌을 만들었는데 그 무게가 일곱 근이었다."

한 근斤은 600그램이다. 일곱 근이라면 4.2킬로그램쯤 된다. 겨울옷을 끼워 입으면 그 정도이고, 인간만이 옷을 입는다. 곧 '일곱 근'이란, 인간으로서 이 세상을 살기 위해 감당해야 할 무게를 가리킨다. 조주는 청주에서 그 하중을 견뎠고, 나는 서울에서 그러고 산다. 다만 두꺼운 옷은 버겁지만, 그 버거움이 따뜻하게도 한다.

　세상살이는 이러나저러나 죽음으로 돌아가는 것이지만, 이렇게도 해보고 저렇게도 해보면서 돌아간다. 어쩔 수 없이 돌아가겠지만 '그냥은 안 돌아가겠다'는 그 무게는, 끊임없이 달려드는 만법을 끝내 이겨내기도 한다. 인생의 의미는 속도에 있지 않고, 요즘 유행하는 방향에도 있지 않고, 태도에 있다. 오줌물의 추락과 폭포수의 추락은 엄연히 다르다.

삶에 그늘이 졌다는 건
그만큼 빛나는 곳에 서 있다는 뜻

살아간다는 것은 정定하는 것이다. 삶이란 결정의 연속이어서, 목표를 정해야 하고 진로를 정해야 한다. 어떻게 살 것인지 끊임없이 판단하고 선택해야 한다. 그렇게 열심히 정하다 보면 자연스럽게 정해지게 된다. 어쨌거나 세상 속에서 자리가 정해지고 역할이 정해진다.

　　결정되지 않은 삶은 백수 아니면 미결수다. 곧 어떤 식으로든 결정이 돼야만, 밥벌이라도 할 수 있고 선을 넘지 않을 수 있다. 그러나 정해진 것은 죽은 것이어서, 박제되어 있거나 진열되어 있다. 남들에게 노동력과 구매력이나 제공하면서 산다.

　　"무엇이 정定입니까?"
　　"정定하지 않은 것이다."
　　"무엇 때문에 정하지 않은 것입니까?"
　　"살아있는 것, 살아있는 것이기 때문이다."

　　정定해지면 목숨이 단단히 고정되는 대신 구속되고 만다. 그럭저럭 사는 게 삶의 전부는 아닐 것이다. 자유롭게 살고 싶다면 스스로에 대해 단정하지 말아야 한다. 살다 보면 이럴 수도 있고 저렇게도 된다. 언제 어디서든 죽을 수 있는 것처럼, 언제

어디서든 살 수 있기도 하다. 어떻게 살더라도 나는 살아있는 것
이어서, 숨통은 어디로든 트일 수 있다. 삶에 그늘이 졌다는 건,
그만큼 빛나는 곳에 서 있다는 뜻이다.

물론 굳이 빛나지 않아도 된다. 삶이란 무어라 규정할 수 없
는 것이어서, 잘못 살았다고 해도 큰 의미는 없다.

아무 의미도 없을 때에는
아무 의미나 만들어본다

아무 생각도 나지 않을 때에는 아무 생각이나 한다. 지혜가 될 수도 있다. 아무 글도 쓸 수 없을 때에는 아무 글이나 쓴다. 책이 될 수도 있다. 아무 일도 할 수 없을 때에는 아무 일이나 한다. 돈이 될 수도 있다. 아무 말도 할 수 없을 때에는 아무 말이나 한다. 연애가 될 수도 있다.

"생각으로 헤아리지 못하는 경계는 어떻습니까?"
"빨리 말해라. 빨리 말해!"

그러니 아무 의미도 없을 때에는 아무 의미나 만들어 본다. 행복이 될 수도 있다. '생각으로 헤아리지 못하는 경계'라면, 몸으로라도 부딪쳐 봐야 한다. 살아갈 방도가 도무지 떠오르지 않을 때에는, 일단 살고 본다. 빈 시험지는 0점이지만, 뭐라도 채워 넣으면 20점은 맞는다.

14

'어디로' 가느냐보다
'스스로' 가는 게 더 중요하다

모든 인간은 잠재적인 암癌환자다. 아이이든 노인이든 누구나 걸릴 수 있다. 운동을 안 해도 걸리고 해도 걸린다. 엄밀히 말하면 걸리는 병이 아니라 생기는 병이다. 외부의 세균이나 바이러스의 침투가 아니라 신체의 정상세포가 변형되면서 나타난다. 남에게서 감염되지도 않지만 사멸되지도 않는다. 세포는 죽지만 암세포는 죽지 않는다. 암의 다른 이름이 '악성 신新생물'이다. 무한히 증식해 결국 우리 몸을 잠식해버리니까 악성이다. 내 입장에서 보면 악성이지만 암의 입장에서 보면 불멸不滅이다. 중립적인 입장에서 보면 나의 일부다. 내가 이 세상에 나의 꿈을 펼칠 때, 암은 내 몸에다가 자기의 꿈을 펼친다.

마음이 아프니까 잘 살고 있다

감기에 걸리면 기침을 한다. 병이 나서 기침을 하는 것 같지만 사실은 병을 이기기 위해 기침을 하는 것이다. 몸속의 나쁜 병균들을 밖으로 내보내기 위한 일종의 면역반응이다. 남은 죽여도 나는 살리려고 비말이 튄다.

"말을 떠나서 말씀해주십시오."
조주가 기침을 했다.
"그것이 가르침입니까?"
"나는 기침도 못 하겠구나."

병들어 죽음에 임박하게 되면 기침도 하지 못한다. 이러나저러나 살아서의 일이고 목숨보다 절박한 일은 없다. 기침이라도 할 수 있으면 그나마 건강한 것이다. 마음이 아프기라도 하다면, 그럭저럭 잘 살고 있다는 것이다.

할머니의 격렬한 사랑

선종禪宗에서 할머니들은 매우 중요한 역할을 한다. 웬만한 선사들보다 한 수 위의 안목을 보여준다. '파자소암婆子燒庵'이 대표적인 사례인데, 비약과 반전이 돋보이는 화두다. 어느 큰스님을 오랜 세월 극진히 봉양한 노파가 있었다. 어느 날 그가 정말 도인이 맞는지, 알아보고 싶었다. 자신의 젊은 딸을, 가지고 놀라며 품에 안겼다.

그러자 스님은 자신은 고목枯木일 뿐이고 성욕을 전혀 느낄 수 없다며 딸의 유혹을 밀어냈다. 이를 전해들은 노파는 돌연 "내가 20년 동안 한낱 속인을 받들어 모셨다"며 크게 노한 채 스님이 살던 암자를 불질러버렸다. 노승은 자신이 평생을 공들여 쌓아올린 금욕과 명성을 아까워하고 있다. 노파는 병신이 되어 볼 줄도 아는 게 진짜 도인 아니냐며 묻고 있다.

한 승려가 노파에게 물었다.
"오대산五臺山 가는 길이 어느 쪽이오?"
"똑바로 가시오."
노파가 가르쳐준 대로 승려가 가자, 노파가 혀를 찼다.
"멀쩡한 스님이 또 저렇게 가는구나."
조주가 이 일을 전해 듣고는 "그 노파가 도대체 어떤 인간인지 내가 알아보겠다"며 직접 나섰다.

돌아와서는 "내가 그녀를 간파해버렸다"고 말했다.

오대산은 불교의 성지聖地다. 지혜의 화신인 문수보살이 산다는 땅이다. 곧 오대산 가는 길은 진리를 찾아가는 길이다. 한편 본래 오대산은 중국에 있는 산인데, 한국의 오대산도 성지다. 1,400년 전 신라의 승려 자장慈藏은 문수보살이 보고 싶어서 강원도 오대산에 월정사를 짓고 기다렸다. 그는 끝내 문수보살을 친견하지 못하고 죽었다. 절만 남았다.

아쉬움만이 아니라 후회 속에서도 죽었다고 한다. 언젠가 절에서 우연히 마주쳤던 거지가 사실은 문수보살의 현신現身이었음을, 숨넘어가기 직전에야 알아챘기 때문이다. 부처님은 바로 발밑에 있어 쉽게 발견할 수 있는데, 목에 힘이 들어가서 보지 못한다는 교훈이다. 내 눈깔만 제대로 박혀 있으면, 삶의 의미는 어디서나 찾을 수 있다는 교훈이기도 하다.

'노파선老婆禪'이라는 개념도 있다. 마치 손자를 늘 걱정으로 대하는 할머니처럼, 구구절절 세세하게 참선 수행을 가르쳐주는 지도법을 뜻한다. 노파선은 원칙적으로 바람직하지 않은 선禪이다. 좀 틀리기도 하고 깨지기도 해봐야, 사는 게 어려운 것이나 또 그만큼 귀한 것임을 알 수 있기 때문이다. 비바람도 결국은 생명을 살리는 비와 바람이다.

남의 말만 듣고 산다는 건, 남의 입에 나를 고스란히 바친다는 것이다. 이에 조주는 동요하는 대중을 안심시키려 노파를 애써 깎아내리고 있다. 공연히 현혹되지 말고 가던 길 계속 가란다. 자못 궁색한 말투이지만, 궁색하면 궁색한 대로 한 발짝쯤은 나아갈 수 있는 게 또 삶이다. '어디로' 가느냐보다 '스스로' 가는 게 더 중요하다는 것을, 말해주고 있기도 하다.

집은 있지만 차는 없고
아내는 있지만 자식은 없다

선종禪宗은 불교이면서 족보다. 부처님이란 남자와, 부처님 이후의 남자들이 대대로 상속을 이어가는 모습을 확인할 수 있다. 선종에서 스승이 제자에게 깨달음을 전하는 일을 전법傳法이라 한다. 깨달음을 등불에 빗대 전등傳燈이라고도 한다. 전법의 방법은 선출이나 합의가 아니라 철저히 지명의 형식을 띤다. 은밀하고 비민주적이다. 스승은 가장 마음에 드는 제자에게, 자신이 입던 옷인 가사袈裟와 쓰던 밥그릇인 발우鉢盂를 양도했다. 선종의 초조初祖 달마達磨가 혜가慧可를 2조로 삼은 것이 최초의 전등이다. 이어 혜가는 승찬(僧璨, 3조)에게 승찬은 도신(道信, 4조)에게 도신은 홍인(弘仁, 5조)에게 홍인은 혜능(慧能, 6조)에게 등불을 건넸다. 등불만 건넸겠나. 전권을 넘겨줬다.

한편 혜능은 특정인에게 의발衣鉢을 내려주지 않았다. 밑에서 서로 갖겠다고 다투는 통에, 옷은 갈가리 찢기고 밥그릇은 박살날까봐 그랬을 것이다. 결국 일종의 분산 증여가 이뤄졌고 여러 아들들이 스승으로 나서게 되는데, 이를 '오가칠종五家七宗'이라 한다. 남악南嶽은 여러 스승 가운데 하나였고, 남악의 후계자인 마조馬祖는 오가칠종 가운데 하나인 홍주종洪州宗의 우두머리가 되었다. 남전南泉은 마조의 아랫사람이었고 조주는 그러한 남전의 법을 이었다. '南泉'의 본디 발음은 '남천'인데, 흔히 남전이라 읽는다. 이유는 모른다. 그런데 매우 이례적으로 조주는 직계 제자를 두지 않았다. 세속으로 치면 자식을 두지 않은 것이다. 제 손으로 대代를 끊은 셈이다. 이유는 모르는데 마음에는 든다.

어느 비구니가 물었다.
"무엇이 출가자가 해야 할 일입니까?"
"아이를 낳지 마라."
"스님께서도 관계하지 마십시오."
"내 그대와 관계한다면 어쩌겠는가."

어쨌든 표면적으로는 조주가 비구니에게 추파를 던지는 상황이다. 성희롱 혐의가 다분한 이야기를 공식적이고 공개적인 어록에 끼워 넣은 데에는 그만한 까닭이 있을 것이다. 예컨대 남녀가 관계를 하면 아이가 생긴다. 아이를 키우다 보면 자기 시간을 빼앗기게 마련이다. 아버지가 되든 어머니가 되든, 자식의 노예가 되는 건 매한가지다. 아이를 낳지 말라는 조주의 말은, 온전히 자기 자신으로서 살라는 의미다.

집은 있지만 차車는 없고 아내는 있지만 자식은 없다. 나름대로 '인구절벽'에 기여하고 있다. 자녀는 부모에게 자랑이면서 부담이고 희망이면서 고역이다. 나는 나의 삶이 자랑스럽지도 않고 부담스럽지도 않고 희망도 없고 고역도 없기를 바란다. 아무에게도 짐이 되거나 독이 되지 않다가 무연고 시신이 되기를 바란다.

악은 아름답고 선은 추잡하다

젊음은 악惡이다. 속절없이 사라져버리기 때문이다. 아름다움도 악이다. 누구나 가질 수는 없기 때문이다. 악에는 누구나 쉽게 빠져든다. 그러므로 늙음 앞에서 젊음은 상품이 되고, 추함 앞에서 아름다움은 먹이가 된다. 사라지기는커녕 계속 자라나는 늙음과, 모두가 가지게 되고 마는 추함은 그래서 선善이다. 인생에 전혀 도움이 안 되지만, 인생을 가르쳐줄 수는 있다.

한 비구니가 물었다.
"무엇이 가장 비밀한 뜻입니까?"
조주가 손으로 그녀를 꼬집었다.
"스님께서도 이런 것이 있으시군요."
"네가 이런 것을 가졌다."

미친 노인네가 또 개수작이다.
요즘 같으면 이미 구속되었다.
감옥에 가더라도 할 말이 없다.
물론 삶이란 한 송이의 낙화落花.

따귀도 부처님이다

중국에서는 불교가 공권력에 의해 심한 박해를 받은 법난法難이 크게 4차례 있었다. 이른바 삼무일종三武一宗의 법난. 이름에 '무武'가 들어가는 3인의 황제와 '종宗'이 들어가는 1인의 황제가 자행한 사건들이다. 북위北魏의 태무제(446년), 북주北周의 무제(574년), 당唐의 무종(842년), 후주後周의 세종(955년)이 장본인이다.

법난은 일단 불교가 너무 부패했을 경우에 일어났다. 물론 불교와 도교의 뿌리 깊은 경쟁관계부터 살펴야 한다. 알다시피 중국의 황제는 천자天子였고 신神의 지위를 가졌다. 황제가 도교를 너무 믿으면, 그는 반드시 불교에 천벌을 주었다. 불교와 도교는 각자의 방식으로 황제의 무병장수와 극락왕생을 관리해주면서, 끊임없이 서로 음해하고 보복했다.

조주가 어느 날 제자인 문원과 길을 가다가
문득 손가락으로 땅을 가리켰다.
"여기에 검문소를 하나 지었으면 좋겠다."
문원이 얼른 가서 그곳에 섰다.
"공험(公驗, 신분증)을 내놓으시오."
조주가 문원의 따귀를 때렸다.
문원이 말했다.
"신원이 확실하군요. 지나가세요."

폐불廢佛의 주체는 4명의 황제로 각기 달랐다. 단, 사찰과 경전을 불태우고 승려들을 강제로 환속시키는 폐불의 양상은 똑같았다. 조주는 중국역사상 세 번째의 법난을 겪었고 가장 잔혹했던 법난을 겪었다. 나이는 예순다섯이었고, 늘그막에 정체를 숨긴 채 도주와 은신을 반복했다. 이때 4,600개의 절이 사라졌고 26만의 스님이 승복을 벗었다.

곧 문원과의 농담 따먹기는 어떤 트라우마로 보인다. 조주는 그때 신분증이 굳이 필요가 없는 신분이었다. 함께 이야기를 나누고 있는 길은 함께 도망 다니던 길이었을 것이다. 바닥으로 떨어진 처지를 스스로 비웃는 모습이 눈에 선하다. 자기가 존재한다는 것만으로도 범죄가 되는 시대였으니, 검문소에 대한 감회가 남달랐을 것이다.

한편 조주와 문원 간의 이야기는 유명한 화두인 '세존지지世尊指地'의 패러디다. 부처님도 어느 날 제자들과 길을 가다가 문득 손가락으로 땅을 가리켰다. "여기에 절을 지으라." 무리에서 누군가가 나섰고, 한 포기의 풀을 뽑아 거기에 심으면서 말했다. "절을 다 지었습니다." 그러자 부처님이 빙그레 웃었다.

'세존지지'는 단출하고 검박하게 살라는 교훈을 갖고 있는 화두다. 이에 비하면 폭력이 추가된 조주와 문원의 패러디가 한결 과격하고, 전하고자 하는 내용도 훨씬 강렬하다. 풀 한 포기도 절이 될 수 있고 어이없이 신세를 조지거나 따귀를 맞을 수도 있다면? 인생이란 하나의 장난이다. 대충 놀다 가면 된다.

납세도 수행이다

소금이란 단어의 어원 가운데 하나가 '小金'이다. 과거에 소금은 매우 귀한 음식이었다. 그 짭짤하고 쌉싸래한 맛은 가장 오래된 맛이고 모든 요리의 효시가 되는 맛이다. 술 담배와 마찬가지로 소금 역시 그 맛을 한번 보게 되면 끊기가 거의 불가능하다. 가격이 수십 배가 오르더라도, 중독된 채로 먹을 수밖에 없다.

국민을 빨아먹고 사는 국가가 이 약점을 놓칠 리 없다. 옛 나라들은 재정을 손쉽게 확보할 요량으로 으레 소금의 전매專賣를 택했다. 조주의 말년은 그의 모국인 당나라의 말년이기도 하다. 망조가 들어서 백성들의 살림이 매우 힘들었다. 정부가 생산과 판매를 독점한 덕분에, 턱없이 비싸진 소금값도 이에 한몫했다.

곧 당국의 검문과 단속만 잘 피하면 소금으로 떼돈을 벌 수 있었다는 이야기다. 이에 조주가 살던 당시 중국에선 소금의 밀매가 성행했다. 소금을 몰래 파는 자들은 비밀결사를 조직해서 팔았다. 서기 875년에 일어난 '황소의 난'은 당나라 멸망의 결정적인 계기가 되었다. 그 반란에 돈을 대는 자들이 이런 자들이었다.

"큰 길을 가지 않겠습니다."
"이 소금 암거래하는 놈아!"

"그렇다면 큰 길을 가겠습니다."

"내 신분증을 돌려다오."

다만 폭리를 취하는 대신 큰 길로는 다닐 수가 없었다. 큰 길로 다니려면 신분이 확실해야 하고 결백해야 하기 때문이다. 결국 세금 꼬박꼬박 내고 큰 죄만 짓지 않으면, 그게 바로 대도大 道를 행하는 것이다. 사람으로서 정직하고 성실하게 살기가 귀 찮고 억울해질 때, 뭐 있나 싶어 깨달음이나 찾고 있다.

Chapter 5

관계

내가 살아있다는 것은
누군가를 살리고 있다는 뜻

15

내 마음대로 다 이루어지면, 세상은 망한다

세계 최장수 인간 '잔 루이즈 칼망'의 사후死後는 깔끔하지 못하다. 러시아의 어느 수학자가 "1997년에 사망한 사람은 그녀 자신이 아니라 그녀의 딸"이라고 주장했다. 딸이 거액의 상속세를 피하기 위해, 이미 죽은 어머니의 행세를 해왔다는 내용이다. 1930년대 어머니 칼망의 여권 사진에 나타난 생김새가 노년기의 얼굴과 일치하지 않는다는 점을 근거로 들었다. 100살이 넘어서까지 키가 1인치도 줄지 않았다는 점도 부각시켰다. 이에 프랑스의 어느 인구통계학자는 "터무니없는 억지"라며 팔을 안으로 굽혔다. 칼망의 생전 인터뷰를 보면 본인이 아니고서는 대답할 수 없는 사실들이 대단히 많다며 반박했다. 시체를 무덤에서 꺼내 DNA 검사를 해보자는 얘기까지 돈다. 기네스북에서 연금이라도 나오나 보다.

부처님의 부동산

아무도 살지 않는 섬이 있었다.
그곳에 우연히 사람들이 들어왔다.
쟁기가 들여지고 건물이 올라갔다.
섬은 짐꾼이 되었다.

"무엇이 청정한 절입니까?"
"두 갈래로 머리 땋은 소녀다."
"누가 그 청정한 절에 삽니까?"
"그 소녀가 애를 배어버렸군."

절은 순수하다. 깨끗한 공간이고 아름다운 풍경이다. 그러나 그곳에 사람이 들어가면 부동산이 된다. 가격이 매겨지고 많이들 보러 온다. 절은 그냥 살아왔을 뿐인데 이제부터는 거룩하게 살아야 한다. 전에는 스스로 깨끗하기만 하면 됐는데, 앞으로는 깨끗하게 보여야 한다. 전에는 있는 그대로도 아름다웠는데, 앞으로는 좋은 일을 해야만 아름답다. 덜컥 임신을 해버린 처녀가 절에서 기도를 한다. 아무도 없으면 기도를 하고 있는 것인데, 사람들은 손가락질을 한다.

티끌의 영양분

감정노동이란 타인의 감정을 상대하는 노동이다. 그리고 모든 아랫사람의 노동은 감정노동이다. 당신에게 '반갑습니다 고객님'이라고 상냥하게 인사하는 텔레마케터는, 정말로 당신이 반가워서 그러는 것이 아니다. 그래야만 직업을 지킬 수 있고 생계를 유지할 수 있기 때문이다. 반면 고위직일수록 사람의 감정을 위에서 내려다볼 수 있는 자리이고, 상대의 감정 따윈 아랑곳하지 않아도 되는 자리다.

사람은 개에게서는 질투를 느끼지 않는다. 개와 밥그릇을 놓고 다툴 일은 없기 때문이다. 인간이 인간에 대해 상처가 되고 폭력이 되는 이유는 그들이 공업共業 중생이어서다. 다들 비슷비슷하게 생기고 비슷비슷한 것을 욕망하니까, 더 잘나 보이고 싶을 수밖에 없고 부지런히 챙기고 빼앗을 수밖에 없다. 인종과 민족이 다르더라도 인간은 동일한 세상을 사는 것이어서, 모멸감을 줄수록 자존감이 올라간다.

조주가 절 마당을 쓸고 있는데 누가 물었다.
"화상和尚은 대선지식大善知識이신데 어째서 마당을 쓸고 계십니까."
"티끌은 바깥에서 들어온다."
"이미 청정한 가람인데 어째서 티끌이 있습니까."

"티끌이 또 한 점 생겼구나!"

'화상'은 스님을 높여 부르는 지시대명사다. '선지식'은 불교의 큰 뜻을 가르쳐주는 인자한 스님을 가리킨다. 선지식이 사장님이라면 '대大선지식'은 회장님이겠다. 그러므로 "화상은 대선지식이신데 어째서 마당을 쓸고 계십니까"라는 말은 겉으로는 지극한 존경과 예우의 표현이다. 물론 듣기에 따라서는 달리 들릴 수도 있다. '지체 높은 큰스님이 왜 비질이라는 허드렛일 따위나 하고 있느냐'는 이죽거림이다.

이에 심사가 뒤틀린 조주가 "티끌이 들어왔다."며 간접적으로 불쾌감을 드러내고 있다. 그러나 불청객은 조주가 삐쳤다는 것을 모르거나 외면하고 있다. "이미 청정한 가람인데 어째서 티끌이 있습니까"라며 한 번 더 들쑤셨다. 결국 '큰스님은 청소를 하면 안 된다'는 권위의식, '큰스님인데도 제대로 대접받지 못한다'는 피해의식으로 조주의 가슴 속은 난리가 났다. "티끌이 또 한 점 생겼구나!"라며 인간관계의 어려움을 토로하고 있다.

사람이 싫은 이유는, 엄밀히 말하면 그가 꼭 싫어서라기보다는 내가 싫어져서다. 누군가가 내 안에 들어오는 순간, '자아'가 발생한다. 체면을 세워야 하고, 체면이 세워지지 않으면 서운해져야 한다. 나는 아무것도 아니어도 행복했는데, 아무것이라도 되지 않으면 창피해서 견딜 수가 없다. 나의 부피만큼 내가 비좁아지고 답답해진다. 그냥 청소를 하고 있을 때는 아무렇지도 않았다. 그런데 '내가' 청소를 하고 있으니까, 청소마저도 나를 비웃는다.

　모든 타인은 티끌이어서, 누구나 내 마음을 때 묻고 멍들게할 수 있다. 그러나 알고 보면, 나를 아프게 하는 최초의 인간은 '나'라는 인간이다. 나를 지나치게 아끼니까 내가 더 오만해지고, 그래서 더 철없어진 내가 나를 더 못살게 구는 법이다.

　인간의 스트레스는 대부분 인간관계에서 오고 대부분의 인간관계는 이해관계다. 그리고 이해관계 속에서만, 나는 생존할수 있고 성공할 수 있다. 가장 합리적인 인간관계는 서로가 서로를 이용하는 것이고, 가장 유력한 이해관계는 적과 손을 잡는 것이다. 나를 좀 내려놓고 티끌을 삶의 일부로 받아들이지 않는다면, 평생토록 청소만 하고 살아야 한다.

도 닦으려고 있는 게 악인이다

도를 닦으려면 힘이 든다. 그릇을 닦기만 해도 힘이 든다. 그러 므로 그릇 닦는 것이 도 닦는 것이다. 힘들어도 하고 하기 싫어 도 하는 것이 도 닦는 것이다. 도 닦는다고 어디로 가지 않아도 된다. 옆에 있는 사람에게 뭘 주기만 해도 충분하다. 이 세상에 도 닦지 못할 곳은 없다. "잘못했다"는 게 수행이다. 도 닦으려고 있는 게 악인이다.

"무엇이 도량道場입니까?"
"그대는 도량에서 와서 도량으로 간다.
전체가 다 도량인데 도량 아닌 곳이 어디 있겠는가."

도량은 절을 의미하고 절은 도를 닦는 곳이다. 절하라고 있 는 게 절이다. 먹기만 하라고 있는 몸이 아니라 닦으라고도 있 는 몸이다. 성질만 내라고 있는 마음이 아니라 닦으라고도 있는 마음이다. '도량에서 와서 도량으로 가는 것'이라면, 전생에서나 후생에서나 삶을 벗어날 수 없고 도 닦는 것을 피할 수 없다. 그 릇은 절만이 아니라 어디에나 있다. 삶이 바로 도량이다.

'소'와 '통'하는 것이 소통

사는 것이 마음 같지 않을 때에는 괴롭다. 하지만 내 마음대로
되는 일이란 대개 욕심을 충족시키거나 괴로움을 떠넘기는 일
이다. 내 마음대로 하고 싶어서 권력을 탐하고, 분란을 일으키
고, 집 안 물건을 때려 부순다. 불교에서 모범이 되는 자는 자기
를 죽여 가는 자이다. 만약 모든 것이 내 마음대로 다 이루어지
면, 세상은 망한다.

> "누가 부처의 향상인向上人입니까?"
> "소 끌고 밭 가는 자일뿐이다."

사람은 소를 끌어서 밭을 간다. 그러나 소는 사람이 아니어
서 사람이 다루기 어렵다. 곧 내 마음 같지 않은 것을 잘 어르기
도 하고 인내하기도 해야, 밭이 갈리고 수확이 생기는 법이다.
그러니 '소'와 '통'하는 것이 소통인가 보다. 소통도 필요하고 타
협도 필요하다. 나를 어느 정도 내어주어야 소가 제법 움직여준
다. 나를 반쯤 죽여 놓아야만 비로소 내가 산다.

더러워질 줄도 아는 사람이 세상을 맑힌다

시비에 걸리지 않으려면 아주 깨끗해야 한다. 남의 약점을 잡으려면 아주 깨끗해야 한다. 그래서 잘못이 없는 사람은 매정한 사람이다. 깨끗하기만 한 것은 용서가 없고 인간미가 없다. 더럽기도 한 것이 인간적이다. 더러워져도 괜찮고 더러워질 줄도 아는 사람이 세상을 맑힌다. 흠결은 무늬가 될 수도 있다.

"저는 아주 깨끗하여 티끌 한 점도 없습니다."
"나는 고용살이하는 놈은 여기 두지 않는다."

면접을 보려면 아주 깨끗해야 한다. 뭔가를 얻어내려면 아주 깨끗해야 한다. 남을 속이려면 아주 깨끗해야 한다. 그래서 가장 깨끗한 사람은 사기꾼이다. 하지만 겉모습이 깨끗한 것이 알맹이의 깨끗함을 보장해주지는 않는다. 잘 보이려고 하지 않으면 깨끗하지 않아도 된다. 잘 보이는 것이 잘 사는 것은 아니다.

직심直心의 정확한 의미

하수下手는 자신의 생각을 솔직하게 드러낸다. 중수中手는 자신의 생각을 일절 밖으로 드러내지 않는다. 상수上手는 남들의 생각을 가로채서 자신의 생각이라고 떠벌인다. 그리고 최상수는 자신의 생각이 아닌 것을 자신의 생각이라고 말하며 나중에 기습한다. 그러므로 사람답게 살고 싶다면, 웬만해선 정치를 하면 안 된다.

> 조주가 어느 관리와 함께 정원을 거니는데 토끼가 달아나는 것을 보고 관리가 물었다.
> "스님께서는 대선지식이신데, 어찌 토끼가 스님을 보고는 도망을 갑니까?"
> "제가 살생을 좋아했으니까요."

진솔함이 조주의 진정한 매력이다. 말이 짧은 대신, 꾸미는 말이 없고 숨기는 말이 없다. 선사들은 "정법正法이란 직심直心을 행하는 것"이라고들 말한다. 여기서 곧은 마음이란 바른 마음이 아니라 있는 그대로의 마음이다. 누구나 공감할 것이다. 바르게 말하기보다 솔직하게 말하기가 몇 배는 더 힘들다는 것을.

16

의미 있는 삶을 사는
단 하나의 방법은,
의미 있는 사람이 되는 것

영국에 있는 킬Keele 대학교는 재미있는 대학교인가 보다. 2009년 "다쳤을 때 욕설을 하면 그렇지 않은 사람에 비해 고통이 50% 가량 줄어든다"는 연구결과를 발표했다. 실제로 얼음물에 손을 넣고 오래 참는 실험을 했는데, 혼잣말로 욕을 뇌까린 그룹은 2분을 참아낸 반면, 그렇지 않았던 그룹은 1분15초만 참아냈다. 1.6배 차이다. 욕을 내뱉는 것은 아픔을 줄이기 위한 신체의 자연스러운 면역반응이라고 한다. 어려서 말을 잘못 배워 말끝마다 '써발써발' 거린다. 마음에 알통이 생기기는 한다.

091

삶이 힘들 때 0을 생각하라

불교 교리의 핵심은 '공空'이다. 불교에서는 삶을 '空'하다고 한다. 아울러 '空'의 의미를 깨닫는 것이 깨달음이라고 한다. 불교가 시작된 인도의 언어인 '산스크리트Sanskrit'로는 '空'을 '순야sunya' 라고 한다. 숫자 '0(영, 零)'도 '순야'라고 한다. 한국인들 역시 '공일공(010)…' 할 때처럼 '0'을 '공'이라고도 한다. 그러므로 空은 0이다. 흔히 불교의 교리는 어렵다 하고 삶도 어렵다고 한다. 그럴 때는 0을 생각하고 있다.

일단 0은 아무것도 아니다. 인생도 空이라면, 인생은 아무것도 아니다. 기쁨이 아무것도 아니라면, 슬픔도 아무것이 아니다. 욕심을 채워도 끝내는 아무것도 아니며, 산다는 게 덧없더라도 처음부터 아무것도 아니다. 그리고 0을 더하면 본전이라도 남지만, 0을 곱하면 제아무리 엄청난 숫자라도 순식간에 없어진다. 한탕을 바라는 마음이 이리도 부질없고 위험하다. 따라서 삶의 진정한 의미는, 천천히 가는 것에 있다.

또한 0은 비어있다. 비어있다는 건 허무하다는 것이지만 가볍다는 것이기도 하다. 인생은 空이어서, 있다가도 없고 없고 다 나쁜 게 아니다. 지갑이 비면 괴롭지만 빈자리가 나면 즐겁다. 0은 구멍이기도 하다. 구멍에서 태어나게 되어있는 인생은, 반드시 구멍에 빠지게 되어 있다. 0은 동그랗기도 하다. 돌고 돌아서 시작도 끝도 없으며 출구도 없다. 둥글게 살든 모나

게 살든, 벗어날 수 없다. 결국 어떻게든 인생 속에서 해결을 봐야 한다.

> "고요하여 아무 할 것이 없는 사람은 공空에 떨어져 있는 것 아닙니까?"
> "공에 떨어져 있는 거지."
> "결국에는 어떻게 됩니까?"
> "나귀도 되고 말도 된다."

고요함은 상대적이다. 시끄러움이 있으니까 고요함이 있다. 시끄러움이 플러스(+)라면 고요함은 마이너스(−)다. 인생은 空이므로, 시끄러움과 고요함이 혼재하고 반복될 수밖에 없는 것이 인생이다. 그렇다고 0만 쳐다보고 앉아 있으면, '영영' 아무 소득도 없게 된다. 반대로 고요함에만 붙들려 있으면 고요함만큼 시끄러운 것도 없다. 고요함을 잃을까봐 끊임없이 힝힝대고, 고요함을 지키려고 당근 앞에서 침을 질질 흘린다. 마이너스 인생이다.

092

위험한 무소유

불교에서는 '방하착放下着'을 말한다. 미움이든 후회든, '탁!' 하고 놓아버리는 일이다. 포기와는 개념이 조금 다르다. 포기를 하면, 포기했다는 생각만큼은 남게 마련이다. 그 대신 정신 줄을 놓게 되어 있다. 가져야 하는데 끝내 못 가졌다는 마음은, 언젠가는 반드시 빼앗아오는 마음이나 죽여서 빼앗아오는 마음으로 폭발하게 되어 있다.

집착만큼 위태로운 감정이 미련이다. 반면 방하착은 '포기에 대한 포기'라고 정의할 수 있다. 애써 버리는 것이 아니라, 굳이 더 가지지 않아도 좋고 버리지 않아도 좋다는 마음이다. 자신의 모습을 있는 그대로 인정하고 주어진 조건에 따라 이러구러 사는 일이다. 이른바 자성自性을 깨닫는다는 것이 바로 이것이다.

"아무것도 가져오지 않았습니다."
"놓아버려라."

'아무것도 가진 것이 없다'면서, 자신의 청빈함을 으쓱대고 있다. 이에 조주는 '아무것도 가진 것이 없다'고 말하는 그 알량한 자부심까지 마저 내려놓으라며 타박하고 있다. 그런데 차라리 손에 무엇이든 쥐어져 있으면 사정이 오히려 낫지 않은가 싶

216

다. 더 이상 욕심을 낼 여지가 없기 때문이다. 빈손은 마수魔手가
될 수도 있는 것이다.

　　손에 아무것도 쥐어져 있지 않으면, 그 손에 무엇이 쥐어질
지는 아무도 모른다. 작은 재산이라도 일정하게 쥐고 있어야만
삶에 질서와 균형이 잡히는 법이다. 행여 떨어뜨릴까, 그 정도만
쥐고도 조심할 수 있고 감사할 수 있다. 삶의 행복은 여백이어야
지 공허여서는 안 된다. 정말 손에 아무것도 없으면, 눈에 뵈는
게 아무것도 없어진다.

굴복의 행복

사람의 마음을 얻으려면 그 사람의 마음이 되어야 한다. 싫어도 좋다고 해야 한다. 사탕발림을 반가워하지 않는 사람은 없다. 지위와도 인격과도 상관없는 본능이다. 적을 칭찬하면 적의 경계가 흐트러지듯이, 상대방을 말로 치켜세워주면 상대방은 쉽게 넘어온다. 싫어하는 사람일수록 친절하고 상냥하게 대해야, 그가 해코지를 하지 않는 법이다. 고개를 숙여야, 치받을 수 있다.

사회생활을 오래하고 인간관계를 오래하면서, 사회생활은 인간관계라는 것을 배웠다. 성공은 연줄 덕분이요 실패는 악연 때문이다. 재능은 그 다음 문제이고 없어도 큰 문제는 안 된다. 가면을 쓰는 건 거짓이기 전에 의무라는 것도 안다. 사업의 성패를 좌우하는 핵심은, 물건의 품질이 아니라 거래처에 대한 의전儀典이다.

삶의 결실이란 대부분 노력이 아니라 관계의 산물이다. 시험에 합격한다는 것도, 타인과의 경쟁이라는 관계에서 이긴 것이다. 노력만으로는 외롭기만 하다. 그러므로 행복한 인생을 살고 싶다면 무엇보다 관계를 중시해야 한다. 인생을 다독이며 소중히 여겨야지, 괜히 조급해하고 닦달하면서 인생과의 관계를 망쳐서는 안 된다.

"제가 먼 길을 왔으니 부디 가르쳐주소서."
"들어오자마자 침을 뱉어줄 걸 그랬다."

먼 길을 왔다는 것이 면피가 될 수는 없다. 인생을 어렵게 살았다고 인생이 참작해주지 않는다. 그냥 혼자서 끙끙 앓으며 혼자만 고생한 것일 뿐이다. 남들이 나의 행복을 용인해주지 않으면 행복은 절대 얻을 수 없다. 그러니 굴복도 경우에 따라서는 행복이다. 차라리 누군가가 침을 뱉으면 일단 순순히 맞고 시작하는 것이, 더 빠르고 쉬운 길일 수 있다.

천지 차이의 평화

하늘이 무너져도 솟아날 구멍은 있다. 땅에서 넘어지기도 하지
만 일어서는 것도 땅에서이다. 따뜻한 말 한마디가 사람을 살린
다. 내게도 그런 말이 있다. 묻지도 따지지도 말자…. 하늘이 묻
고 따졌다면, 힘들어서 무너졌을 것이다. 땅이 묻고 따졌다면,
더럽고 치사해서 아예 내려앉았을 것이다.

　"털끝만치라도 차이가 날 때는 어떻습니까?"
　"천지 차이로 벌어진다."
　"털끝만치라도 차이가 나지 않을 때는 어떻습니까?"
　"천지 차이로 벌어진다."

　불교에서는 분별分別을 금기시한다. '내 것'이라고 생각하
는 순간, '내 것 아닌 것'들이 갑자기 나를 죽이려고 덤벼들기 때
문이다. 털끝만치라도 차이가 나지 않는다는 생각은, 이미 차이
라는 것이 있다는 생각에서 나온 잘못이다. 차별하지 않고 시기
하지 않으니까, 하늘과 땅은 서로 철저히 외면하고 산다. 널찍이
거리를 유지하며, 세상의 평화를 유지한다.

뜰 앞의 잣나무는 어디에 서 있나

창문 밖으로 풍경이 보인다.
내가 아니면, 나는 못 보았을 풍경이다.
너도 그 풍경을 보고 있지만,
나에게는 너조차도 하나의 풍경일 뿐이다.
너에겐 나 역시도 사소한 풍경이겠지만,
그것이 나의 풍경을 가로막지는 못한다.

"무엇이 저 자신입니까?"
"뜰 앞의 잣나무가 보이느냐?"

손가락질이 손가락을 부러뜨리지는 않는다.
나를 미워하는 자도 구경거리일 뿐이다.
기웃거리니까 똑바로 못 보는 것이다.
한 번에 가려니까 휘청거리는 것이다.
내가 살아온 삶을 믿고 꾸준히 걸어간다면,
뜰 앞의 잣나무는 어디에나 서 있다.

부처의 마음은 천천히 온다

불법佛法은 그리 멀리 있지 않다. 언젠가는 죽는다는 사실이 불법이다. 당장이라도 죽을 수 있다는 게 깨달음이다. 시간이 법문이다. 주어진 시간을 소중히 여기는 게 수행이다. 열정을 다하는 게 성스러움이다.

  "불법은 멀고 먼데, 어떻게 마음을 써야 합니까?"
  "제아무리 천하를 장악한 자라 하더라도, 죽을 때 가서
  는 자기 몫을 반푼 어치도 챙기지 못하더구나."

  자신의 마음이 부처의 마음이 아닐 때에는, 일단 그 마음이라도 써야 한다. 그러면 반 푼 어치라도 부처의 마음으로 변화시킬 수 있다. 의미 있는 삶을 사는 단 하나의 방법은, 의미 있는 사람이 되는 것이다.

17

모든 직언直言은 폭언이다

비만이 죄악시되는 시대다. 그러나 의사들의 여러 연구결과들은 비만에게 위로가 되어준다. 이른바 '비만의 역설.' 비만은 알다시피 암을 비롯한 다양한 질환의 원인이 된다. 그러나 막상 병에 걸리면 그 비만이 삶을 지탱해준다고 한다. 건강을 해치는 것도 비만이지만, 건강을 좀 더 지속시키는 것도 비만이란다. 정말로 병 주고 약 주는 셈이다. 정상 체중의 당뇨병 환자는 비만인 당뇨병 환자에 비해 사망할 위험이 2배나 더 높다. 심장병에 걸리지 않은 사람은 살을 빼야 하지만, 이미 걸린 사람에게는 통통한 살집이 문제가 되지 않으며 외려 도움이 된다. 심장에 '스텐트'를 박았을 때, 저체중 환자의 합병증 발병률이 더 높다. 허리가 굵을수록 뇌경색 증상도 약하게 나타난다. 지방이 적으면 질병과 죽음에 더 취약해진다. 비만일 경우 면역항암제의 효과가 더 크다. 적정한 몸무게의 환자보다 2배 더 오래 생존한다. 깊이 생각하면 그럴 법도 하다. 에너지로 미처 다 쓰지 못하고 몸에 쌓인 지방은, 일종의 저축이다. 사람이 직장을 잃으면 그동안 모아둔 돈으로 사는 것과 같다. 물론 고도비만에겐 해당되지 않는 사실들이고 희망들이다. 다만 약간의 과체중은 건강을 위한 보험일 수도 있다.

나는 내 인생에서만 주인공이다

'수처작주隨處作主 입처개진立處皆眞'이라는 말이 있다. 흔히 '어디에 있든 주인의 마음가짐으로 당당하게 살 수 있다면, 서 있는 곳마다 모두 진실하다'란 뜻으로 풀이한다. 주체적으로 살면 삶이 긍정적으로 바뀐다는 의미다. '내 인생의 주인공은 나'라는 말과도 통한다. 곧, 희망과 위안을 주고 열정과 도전을 자극하는 말이다.

그러나 조금 더 깊이 들어가면, 무척 냉정하고 쓸쓸한 말이다. 나는 겨우 내 인생에서만 간신히 주인공이 될 수 있을 뿐이다. 절대다수는 세상의 주인이 아니라 누군가의 하수인이거나 무언가의 부속품으로 살아간다. 그리고 진짜 주인들은 '주인의식을 갖고 살라'는 말로, 자기들이 해야 할 최소한의 의무와 책임까지 아랫사람에게 떠넘긴다.

"스님께서는 어느 분의 법을 이어받으셨습니까."
"나다."

결국 어쨌든 내 인생이라도 건지려면, 하는 수 없이 '작주'해야 한다. 인생의 가치를 스스로 만들어가라는 것이다. 내가 하고 싶은 일이고 내가 잘할 수 있는 일이라면, 놀이의 한계는 없다. '작주'하는 그 자리가 바로 '개진'이다. 살아냈다면 그것이 진리다. 나의 스승은 나 자신이었다. 다른 누군가가 아닌 내가 나를 살아왔다. 이러나저러나 내가 사는 것이고, 삶에서 유일하게 남는 일은 내 삶을 사는 것뿐이다.

내가 못나서 졌다고 생각할 때 진짜 바보가 된다

높은 사람에겐 머리를 숙이고 허리를 굽힌다. 가만 보면, 그것이 꼭 의도적인 존경이나 굴종의 몸짓은 아니다. 안 하면 멋쩍으니까, 그냥 하는 본능적인 습관이다. 마치 갑자기 소나기가 내리면, 남의 집 처마 밑으로 급히 몸을 피하는 것처럼. 상대방이 좋은 사람이거나 잘난 사람이어서 그러는 것도 아니다. 그나 나나, 인간으로서 별 차이는 없다. 높은 사람은 높은 사람일 뿐이다. 나와 다른 점이 있다면, 남을 밟고 올라선 사람이라는 것뿐이다.

"무엇이 바보 같은 사람입니까."
"내가 그대만 못하다."
"저는 스님을 이길 도리가 없습니다."
"그대는 무엇 때문에 바보가 되었는가."

사회생활을 아무 생각 없이 한 게 아니라면, 성과 속에서든 좌절 속에서든 어느 정도 배우는 것이 있다. 반드시 좋은 사람이 이기는 것도 아니고 나쁜 사람이 이기는 것도 아니다. 잘난 사람일수록 오만해서 지고, 못난 사람일수록 악랄해서 이긴다. 대개는 양아치가 제일 많이 가져가더라만, 어쨌든 이겼다고 해서 그의 인격이 이긴 것은 아니다. 다만 내가 못나서 졌다고 생각할 때, 그때부터 진짜 바보가 되어간다.

인간 저울

바람이 불면 나뭇잎이 흔들린다. 처녀가 부르면 홀아비가 흔들린다. 사장님이 부르면 나도 흔들린다. 이처럼 삶이란 자극과 반응의 연속이다. 누구를 만나건 끊임없이 의식하고 비교하고 우쭐대고 자책한다. 스스로를 저울에 올리면서 스스로를 고깃덩이로 만든다.

> "어떻게 해야만 모든 경계에 혹하지 않을 수 있습니까?"
> 조주가 댓돌 위로 발 하나를 내려뜨리자, 그가 잽싸게 조주가 신을 신발을 내밀었다.
> 조주가 발을 거두자, 그는 말이 없었다.

'그가 말이 없었다'는 건 그가 뭔가를 깨달았다는 암시다. '부처가 되겠다면서 고작 늙은이의 몸종으로 살아왔구나!'라는 탄식이 생략되어 있다고 봐야 한다. 경계에 혹하지 않으면 부처다. 높은 사람이 윽박질러도 태연할 수 있으면 부처다. 쫓겨나면 날아가는 게 부처다.

상식적으로 살면 상식밖에 모른다

목적에 합당한 수단, 정의에 합당한 행위, 부모님의 뜻에 합당한 결정, 조직의 뜻에 합당한 처신… 합당하다는 것은 이렇듯 특정한 기준과 조건에서만 합당하다. 아울러 합당하다는 건 어떤 전제에 대해 합당하다는 것인데, 그 합당함의 전제는 합당해야 하는 주체보다 반드시 우위에 있는 법이다. 결국 합당하게 살라는 것은 복종하고 살라는 것이다.

"무엇이 합당한 것입니까?"
"그러니까 네가 합당치 못한 것이다."

그 어떤 합당함이든, 개인보다 크고 강력한 집단이나 명분이 임의로 만들어낸 것이다. 곧 무언가에 대해 합당하게 살고 있다면, 특정한 기준과 조건을 충족하기 위한 도구로 살고 있다는 의미다. 이치에 맞는 삶이란 타성적으로 산다는 것이다. 기본에 충실하면 기본밖에는 못 한다. 상식적으로 살수록 상식밖에는 모른다. 올바르다는 건 무식하다는 것이다.

남이 싼 똥을 끌어안고 있을 텐가

내 똥은 단순한 똥이 아니다. 내 똥엔 특유의 모양과 빛깔과 향기가 있어서 좋다. 내 똥이 마음에 들고 정다울수록, 남의 똥은 더 더럽고 미워진다. 아무리 가까운 사람의 똥이라도 그렇다. 그것이 아내의 똥이라도 엄마의 똥이라도 아주 혐오스럽다. 결국 나의 정체성은 나의 똥에 있다.

이틀만 변비가 와도 죽을 맛이다. 그만큼 나의 행복은 나의 똥에게 크게 빚지고 있다. 나만이 아니라 그 누군가의 '나'도 마찬가지다. 자기만의 똥을 누면서, 자기만의 똥내를 풍기면서 살아간다.

"무엇이 충언忠言입니까?"
"네 어미는 못 생기고 추하다."

교언嬌言은 사람을 기분 좋게 한다. 따뜻한 말들은 가슴을 울린다. 기어이 울린다. 그 말만 믿고 세상이 아름다운 줄 알았다가, 훗날 가슴을 친다. 감동적인 말들은 감동만 준다. 그때뿐이다. 마약이다.

반대로 충언忠言은 사람을 기분 나쁘게 한다. 차가운 말들도 가슴을 울린다. 처음부터 울린다. 그 말만 믿고 세상이 무서운 줄 알았다가, 평생 가슴을 친다. 악의적인 말들은 악의만 준

다. 그것뿐이다. 배변이다. 남이 싼 똥을 끌어안고 있지 말자. 모
든 충언은 허언虛言이다. 쓰레기통에 버리면 된다.

들어서 아픈 말은 버려라

직언은 뼈아프다. 다만 진실해서 고통스러운 게 아니고 권력적이어서 고통스럽다. 아랫사람의 직언은 참고만 해도 되지만, 윗사람의 직언은 무조건 수용하고 이행해야 한다. 윗사람은 높아서 옳고 아랫사람은 옳아도 혼난다. 결국 직언을 듣는 사람은 대개 잘못된 것이 없어도 잘못된 사람이어야 한다. 그러나 그것은 '잘못되어야 한다'는 하나의 설정이지 '잘못됐다'는 사실이 아니다. 곧 내가 뭘 정말 잘못해서가 아니라, 단지 그 말에 상처를 받아서 아픈 것이다.

"무엇이 직언直言입니까?"
"쇠몽둥이를 맞아라."

직언은 쇠몽둥이다. 삶을 좀 더 잘 살아보라는 게 아니라 그냥 죽으라고 휘두르는 말이다. 걱정돼서 하는 말이 아니라 걱정하라고 하는 말이다. 직언을 들은 사람이 삶을 되돌아보고 있을 때, 막상 직언을 한 사람은 쿨쿨 자고 있다. 직언은 옳은 자가 아니라 높아서 옳아진 자들의 악취미일 뿐이다. 함부로 말하는 자들만이 직언을 잘 한다. 반면 자신이 틀릴 수도 있음을 늘 생각하는 사람은 말없이 너그럽게 넘어간다. 모든 직언은 폭언이다. 신경 쓰지 않아도 된다.

18

살아있다는 것만으로도
나는 잘 살고 있다

함부로 애를 낳아서는 안 되는 이유는 유전자에 있다. 자녀는 부모의 형질을 그대로 물려받으며 태어난다. 외로움을 타는 정도, 사회적 성향, 외국어 학습 속도, 심지어 TV를 보는 습관까지 부모를 닮는다는 것이 연구를 통해 밝혀졌다. 곧 아이가 행복하게 잘 살기를 바란다면, 부모가 먼저 행복하게 잘 살아야 한다. 최고의 자녀교육이 있다면 그것뿐이다. 자기들이 불행해놓고 자녀에게 행복을 강요할 수는 없다. 특히 빈곤 속의 행복이란 백사장 속에서의 쌀알 찾기요, 이혼 속의 육아는 이쑤시개 위에 놓인 집이요, 어린아이에게 부부싸움은 내전內戰의 고통이다. 부부가 행복할 자신이 없다면, 자식을 갖지 않는 것도 인류의 평화를 위한 하나의 방법이다.

혼자 있는 시간만이 도道를 가꾸는 시간

오래 연락이 끊어졌던 사람에게서 갑자기 전화가 오면, 이유는 외로워서거나 아니면 돈이 그리워서다. 보험을 들라거나 또는 살려달라거나. 인간은 마음을 나누기도 하지만 대부분 이익을 나눌 뿐이다. 이해관계에 놓여 있어야만, 상대를 이해하고 관계를 중시하는 법이다.

"스님의 경지를 남들이 헤아릴 수 있습니까?"
"사람이 가까워지면 도는 멀어진다."

반면 도道는 이해관계를 벗어나 있다. 타인과 나누거나 다투거나 현금화할 수 없다. 그래서 아무도 빼앗아가지 못한다. 혼자 있는 시간만이 도를 가꿀 수 있는 시간이다. 누구에게나 자기만의 소질과 역사가 있고 말 못 할 비밀과 상처가 있다. 도는 그렇게 살아있다.

인생은 아무도 지지 않는 싸움

나는 생각한다. 그러므로 나는 존재한다. 하지만 생각하지 않으면 나는 존재하지 않는다. 생각할 때는 존재하고, 생각하지 않을 때는 존재하지 않는다. 생각하지 않을 때는 존재하지 않지만, 생각하면 또 존재하지 않는 것도 아니다. 이처럼 나는 쉽게 끊기며 오락가락한다. 이럴진대 과연 나는, 나를 걸어볼 만한 존재인가?

"사구를 여의고 백비를 끊으면 어떻게 됩니까?"
"나는 죽음을 모른다."

사구四句는 불교논리학의 기초다. '있음(有)', '없음(無)', '있기도 하고 없기도 함(亦有亦無)', '있지도 않고 없지도 않음(非有非無)', 이 4가지 명제만 있으면 세계의 모든 현상을 설명할 수 있다. 백비百非는 개념들 하나하나를 부정함으로써, 마지막까지 의심할 수 없는 무언가를 찾아내기 위한 발버둥이다.

먹으라고 있는 입은, 말하라고도 있는 입이다. "밥 달라"고 말해야 밥이 또 오고 더 온다. 사구백비四句百非란 간단히 정리하면 인간이 생각해낼 수 있는 모든 논리를 뜻한다. 유창한 말이든 어눌한 말이든, 사구백비를 마구 지껄이며 사는 게 인생이다. 밥을 잘 먹으면 건강해지듯, 말을 잘 하면 살아남을 수 있다.

말에 진심을 담을 필요는 없다. 어차피 논리는 진리가 아니라 승리를 위해 존재한다. 반면 죽음은 승리를 위해 존재하지 않는다. 패배가 휴식일 수도 있음을 가르쳐준다. 죽어서나 곡기를 끊을 수 있듯이, 죽어서나 사구백비를 끊을 수 있다. 다 죽는데, 죽어서 어찌 될지는 모른다. 다만 인생은 아무도 지지 않는 싸움이다.

탈레스의 실수와 플라톤의 변명

최초의 철학자 탈레스가 어느 날 별의 움직임을 관찰하고 있었다. 여느 날처럼 하늘만 쳐다보며 걷다가 그만 우물에 빠지고 말았다. 옆에서 빨래를 하던 하녀가 그 광경을 보고 킥킥거렸다. "하늘에서 벌어지는 일은 잘 아는 양반이 정작 땅에서 벌어지는 일에는 젬병"이라며 우습게 봤다. 철학의 아버지 플라톤은 훗날 이 일화를 두고 그녀와는 다르게 말했다.

"본래 철학자가 할 일이 따로 있고 하녀가 할 일이 따로 있다"며 탈레스를 두둔했다. 그렇게 땅에서 실수를 했다고 땅이 무너지는 것은 아니다. 천체天體의 이치를 통찰하듯이 삶을 전체적으로 바라볼 수 있다면, 고통과 고난은 사소한 일부일 뿐이다. 치사하고 영악한 삶일수록, 땅만 쳐다보며 산다. 반면 좀 틀리고 다쳤대 봐야, 하늘이 지켜보고 있다.

　　"무엇이 손님 가운데 주인입니까?"
　　"산승은 색시에게 묻지 않는다."
　　"무엇이 주인 가운데 손님입니까."
　　"노승에겐 장인어른이 없다."

손님은 주인이 없으면 집이 없지만, 주인은 손님이 없어도 집이 있다. 손님은 언젠가는 떠날 사람이지만, 주인은 영영 떠날 수 없는 사람이다. 손님이 삶이라면 주인은 나 자신이다. 삶은 여러 가지 모습으로 나를 방문한다. 그를 대접하는 것도 내쫓아 버리는 것도 나의 권리다. 남의 삶은 죄다 풍경이거나 풍문이거나 걸림돌일 뿐이다. 나의 삶만이 비로소 삶이다.

색시에게 길을 물을 순 있지만 도道를 물을 수는 없다. 그녀가 무어라 말하든, 그것은 뜨내기의 소리이고 나를 모르는 소리다. 장인어른에게서 돈을 꿀 순 있지만 목숨을 꿀 순 없다. 누군가가 나를 도울 순 있지만 나를 대신 살아줄 수는 없다. 삶의 내용에는 고저高低가 있으나 삶의 주체에는 차별이 없다. 내가 산다는 것만으로도, 나는 잘 살고 있다.

106

일단 가보면 가까워진다

진주鎭州는 조주가 젊은 날에 왕성하게 활동하던 지역이다. 수많은 교화를 펼쳤으며 동시대의 이름난 선승들과 활발하게 교류했다. 이후 여든 살이 되었을 때 조주는 조주에 와서 정착했다. 그리곤 죽을 때까지 그곳을 떠나지 않았다. 진주에는 그의 영광이 있고 조주에는 그의 황혼이 있는 셈이다. 앞서 말했듯이, 조주의 총명總名은 '진주' 종심이 아니라 '조주' 종심이다. 이름은 그의 정체성이며 곧 조주의 진면목은 물러남과 주저앉음에 있다.

> "조주에서 진주까지는 거리가 얼마나 됩니까?"
> "3백 리다."
> "진주에서 조주까지는 얼마나 됩니까?"
> "거리가 없다."

　서울에서 천안까지의 거리가 300리쯤 된다. 반면 천안에서 서울로 돌아올 때는 따로 거리가 없다. 이미 가보았기 때문이다. 어느 곳이든 아직 가보기 전에는 멀지만, 일단 가보게 되면 한없이 가까워진다. 거기도 그저 사람 사는 곳이고 생사生死와 손익損益이 오가는 곳이라는 것을 알게 된다. 도道를 찾아 떠나지 않아도 되고, 삶을 어려워하지 않아도 된다. 오직 착각 속에서만 우리는 어른이거나 불행하다.

똥보다 오줌이 더 자주 나온다

몸 안에 마음 있다. 내 몸 안에 내 마음이 있고, 남의 몸 안에 남의 마음이 있다. 남의 마음은 남의 몸 안에 있기에, 만질 수도 없고 건드릴 수조차 없다. 남을 사랑한다고 해서 그 마음을 꺼내올 수 없다. 남을 증오한다고 해서 그 마음을 파괴할 수 없다. 할 수 없는 일은 과감히 포기하고, 할 수 있는 일에 최선을 다해야 하는 이유가 여기에 있다.

"제게 의심이 있습니다."
"큰 일이냐 작은 일이냐."
"큰 일입니다."
"큰 일이라면 동북쪽에서 보고, 작은 일이라면 법당 뒤에서 보라."

대변은 냄새가 많이 나니 멀리서 봐야 하고, 소변은 냄새가 별로 나지 않으니 가까이서 봐도 된다. 의심하고 말고 할 것이 없다. 끊임없이 일하고 일 치르다가 가는 게 인생이다. 큰일을 하려면 멀리까지 내다보고, 작은 일은 당장 처리한다. 또한 똥보다는 오줌을 더 자주 누는 법이다. 작은 일부터 잘 챙겨야 한다.

힘들이지 않는 그 순간

감기만 걸려도 인생이 불행해진다. 그런데 내가 뭘 크게 잘못 살아서 감기에 걸리는가. 반대로 내가 뭘 크게 잘 살아서 감기가 낫는가. 쉬고 또 쉬면, 큰 병은 못 이겨도 작은 병은 이길 수 있다. 살아서 꼭 해야 할 일이 있다면, 잠을 많이 자고 물을 많이 마시는 수고 정도에 불과하다. 죽도록 일하면 정말 죽는다. 힘을 많이 들여야만 복이 많이 오는 것이라면, 똥 눌 때마다 돈이 떨어져야 한다.

　"제가 부처가 되고자 합니다."
　"몹시도 힘을 들이는구나."
　"힘을 들이지 않으면 어떻게 됩니까."
　"그러면 부처가 되지."

　힘을 들이면 힘이 든다. 나는 힘들고 남은 괴롭다. 반면 힘을 들이지 않으면 힘들지 않다. 내가 싫지 않고 남이 밉지 않다. 그냥 이렇게 살아도 괜찮고, 저렇게 살게 되더라도 또 괜찮다. 힘들이지 않는 그 순간이 바로 부처이며 거기까지만 부처다. 원하면 원한 만큼 더 힘들어질 것이다. 노력이든 권력이든, 힘은 무언가를 반드시 힘들게 하는 성질을 갖고 있다.

상처 입은 마음의 재생을 돕는 문장들

상처 입은 마음의 재생을 돕는 문장들

22p 뱀은 잡아먹는 역할을, 쥐는 잡아먹히는 역할을 한다. 뱀은 발 없이 다니기로 한 배우이고, 지네는 많은 발로 다니기로 한 배우이다. 그럼으로써 개별자들 하나하나가 만물의 근원이 된다.

27p 누가 위로해준다고 감기가 치료되지는 않는다. 왜 걸렸을까 자책하든, 빨리 낫기를 바라든, 몸이 감당해내면 낫는다.

28p 구구단 '9×9=81'만 알면, 살면서 더 알아야 할 것은 없다. 더구나 81점이면 안정적인 점수다. 100점이나 심지어 810점을 욕심내니까 꼭 망가진다.

41p 자존감은 내가 아니라 남들이 만들어주는 것이다. 누군가에게 의미있는 사람이 되려고 노력할 때, 스스로 세상에 쓸모가 있는 존재라고 여기면서 헌신하고 희생될 때, 소소하게나마 자존감을 회복할 수 있다. 대신 과로로 건강을 망칠 수 있다는 게 부작용이다.

58p 슬퍼하거나 기죽을 필요는 없다. 세상을 수월하게 살아내지 못한다는 느낌이 든다면, 세상이 쉽게 받아들이기엔 너무 엄청난 영혼을 가지고 있기 때문이다. 세상의 모든 '아싸(아웃사이더)'들은 숨어 있는 것이 아니라 자기만의 자리를 지키고 있는 것이다.

63p 태양은 말하지 않는다. 나 좀 알아달라고 하지 않는다. 그냥 빛나기만 한다. 하던 대로 빛나기만 한다. 태양이 더 노력하면, 다 타죽고 만다. 태양이 반성을 하면, 다 얼어 죽는다.

73p 비관적으로 산다고 해서 내게 도움이 되는 것은 하나도 없다. 월급이 더 나오는 것도 건강이 좋아지는 것도 아니다. 반대로 희망을 갖는다고 해서 손해를 보는 것도 아니다. 최소한 본전이니, 긍정적으로 살기로 한다.

80p 살아갈 길은 어디나 있다. 집 밖에만 나가도 길이 있다. 동네 한 바퀴만 돌아도 좀 나아진다. 여기저기 쏘다니다 보면, '길이 안 보인다'는 말은 거짓말임을 알 수 있다. 안 보이는 게 아니라 안 본 것이다. 발 부르트다 보면, 큰 길이다.

99p 적당히 일하고 적당히 쉬고, 적당히 순종하고 적당히 저항하고, 적당히 인내하고 적당히 분노하고, 적당히 잘난 척하고 적당히 무너지면서 인생은 조금씩 색깔을 더한다.

116p 출근이 마치 출가라도 되는 양, 무거운 발걸음으로 출근하지 말자. 무슨 대단한 고행이라도 하는 것처럼 인상 쓰지 말자. 명상하는 것도 아닌데 한숨 쉬지 말자. 내가 해야 할 일을 남에게 미루지 말자. 모두를 위한 일이라면서 등 떠밀지 말자.

117p 무언가를 안다는 것은, 거기까지만 안다는 것일 뿐이다. 그것밖에는 모른다는 것이다. 끝까지 다 살아보아야만 삶이 무엇이었는지 알 수 있는 것이다. 자살만 하지 않아도, 크게 공부하는 것이다.

126p 바늘 꽂을 땅이라도 있으면 반드시 바늘이 갖고 싶어지게 마련이다. 바늘 꽂을 땅이라도 남아있으니까, 겨우 바늘이나 꽂을 땅인데도 몹시 아까워한다. 남이 나보다 굵은 바늘을 가졌다는 사실을 증오한다. 그래 봐야 고작 바늘일 뿐인데도 말이다. 내게는 너무 소중한 바늘이라면서, 자기 가슴이나 찌르고 있다.

129p 알고 보면, 그냥 하는 일이 가장 중요한 일이다. 그냥 하는 일이 가장 재미있는 일이다. 그냥 하는 일이 가장 잘 할 수 있는 일이다. 잘 하려고 할수록 잘 되지 않는다. 큰 꿈을 꿀수록 꿈자리가 사납게 마련이다. 내가 자고 싶은 만큼 자는 게 적정 수면 시간이다. 그냥 사는 것이 가장 나답게 사는 것이다.

136p　내가 슬픈 이유는 남들도 슬프기 때문이다. 모두의 마음은 하나같이 똑같다. 똑같아서 하나같이 싸운다. 결국 싸우지 않으려면 똑같지가 않아야 한다. 내 마음이 남의 마음보다 조금이라도 낮아져야만, 물이 흘러내리듯이 갈등이 해결된다.

147p　내가 하는 일이 대단치 않아도, 내가 하는 일만이 나를 먹여살릴 수 있다. 밥그릇이 작다고 숟가락을 부러뜨리는 이상한 놈이 되지는 않기로 한다. 지금 이대로의 삶만이, 나를 버텨내준다.

163p　과거는 지나간 모든 것이다. 그러나 지나간 것은 본질적으로 모든 것일 수가 없다. 말 그대로 지나가버렸기 때문이다. 시간은 쏜살과 같아서, '개 같은' 인생이라고 자책하는 순간 '개 같았던' 인생으로 밀려나고 마는 법이다.

184p　아무 의미도 없을 때에는 아무 의미나 만들어 본다. 행복이 될 수도 있다. '생각으로 헤아리지 못하는 경계'라면, 몸으로라도 부딪쳐 봐야 한다. 살아갈 방도가 도무지 떠오르지 않을 때에는, 일단 살고 본다. 빈 시험지는 0점이지만, 뭐라도 채워 넣으면 20점은 맞는다.

190p　좀 틀리기도 하고 깨지기도 해봐야, 사는 게 어려운 것이나 또 그만큼 귀한 것임을 알 수 있기 때문이다. 비바람도 결국은 생명을 살리는 비와 바람이다. 남의 말만 듣고 산다는 건, 남의 입에 나를 고스란히 바친다는 것이다.

228p　반드시 좋은 사람이 이기는 것도 아니고 나쁜 사람이 이기는 것도 아니다. 잘난 사람일수록 오만해서 지고, 못난 사람일수록 악랄해서 이긴다. 어쨌든 이겼다고 해서 그의 인격이 이긴 것은 아니다. 다만 내가 못나서 졌다고 생각할 때, 그때부터 진짜 바보가 되어간다.

나는 어제 개운하게 참 잘 죽었다

© 장웅연, 2021

2021년 1월 25일 초판 1쇄 발행

지은이 장웅연
발행인 박상근(至弘) • 편집인 류지호 • 상무이사 양동민 • 편집이사 김선경
책임편집 김선경 • 편집 이상근, 김재호, 양민호, 김소영 • 디자인 쿠담디자인
제작 김명환 • 마케팅 김대현, 정승채, 이선호 • 관리 윤정안
펴낸 곳 불광출판사 (03150) 서울시 종로구 우정국로 45-13, 3층
        대표전화 02) 420-3200 편집부 02) 420-3300 팩시밀리 02) 420-3400
        출판등록 제300-2009-130호(1979. 10. 10.)

ISBN 978-89-7479-886-4 (03810)

값 15,000원